Fucking fucking schön

MILAD + MATS
PRO!
CUTEST COUPLE!
BFFs
BFFs
BFFs
BFFs
BFFs
MELEK
(BOSS)
CRUSH
DORFJUNGS
SVEN HOFER
DAVID (likes!)
ZIPPER (VOLLIDIOT!)
MIRKO
crush
not any more
MOMO
PUNK!
casually dating
ALEX
4 Grazien
Tini
jenny
LINDA
stand mit folgen

EVA ROTTMANN

FUCKING FUCKING SCHÖN

JACOBY & STUART

Eva Rottmann, geb. 1983 in Wertheim, lebt mit ihren Kindern in Zürich, schreibt Theaterstücke und Prosa, entwickelt eigene Performance- und Theaterprojekte, arbeitet als Literaturvermittlerin in Schulklassen und als Lehrbeauftragte an der Zürcher Hochschule der Künste. Für ihre Romane wurde sie mehrfach ausgezeichnet, u. a. mit dem **LUCHS-Buchpreis**, dem **Kranichsteiner Kinder- und Jugendliteraturstipendium**, dem **KIMI-Siegel** und den **BESTEN 7**. Ihr Roman *Kurz vor dem Rand* wurde mit dem **Deutschen Jugendliteraturpreis 2024** ausgezeichnet. *Fucking Fucking schön* wurde u. a. mit dem **Jahres-LUCHS 2024** sowie mit dem **Schweizer Kinder- und Jugendbuchpreis 2025** ausgezeichnet. Das Buch war weiterhin für den **Deutschen Jugendliteraturpreis** und den **Deutsch-Französischen Jugendliteraturpreis 2025** nominiert.

Für Sarah

Inhalt

Vorspiel: Wörter für Sex gibt es in drei Kategorien …

David
S-EX 13

Zwischenspiel I: Sex. Ich will Sex …

Alex
Ein Fest der Liebe 23

Zwischenspiel II: Meine Eltern haben nie mit mir …

Teddy
Muppetshow 35

Zwischenspiel III: Das erste Mal verliebt sein?

Tini
Rabbit Vibe 55

Zwischenspiel IV: SEX-ABC

Jenny
Casual Dating 71

Zwischenspiel V: Meinen ersten Orgasmus hatte ich mit 18 …

Lou
Per Anhalter durch die Galaxis 83

Zwischenspiel VI: Quizfrage

Yasin und Leyla
My heart will go on. 101

Zwischenspiel VII: Ich will erst dann mit jemandem schlafen …

Milad
Boys will be boys 119

Zwischenspiel VIII: Player

Melek
0 von 10 Punkten. 139

Zwischenspiel IX: Top 10 der Dinge, die beim Sex schiefgehen können

Ari und Tom
A laka mumi mumi 155

Nachspiel: Manchmal, wenn ich im Bus sitze …

VORSPIEL

Wörter für Sex gibt es in drei Kategorien.

In der ersten Kategorie sind die Wörter, die im Biologiebuch stehen und die Erwachsene benutzen, wenn sie mit Kindern darüber reden. So Wörter wie »Geschlechtsverkehr« und »Koitus« zum Beispiel. Wo du denkst: Das ist definitiv keine Sache, die Spaß macht.

In der zweiten Kategorie sind Wörter wie bumsen, ficken, vögeln, poppen, schrauben, rammeln, knallen, nageln, pimpern, flachlegen und so weiter. Wörter, die nach Baumarkt klingen und nach Schweiß. Auf jeden Fall nach etwas, bei dem du die Zähne zusammenbeißen musst, um durchzuhalten.

In der dritten Kategorie sind die weichen Wörter, die Kuschelwörter, die alles ganz rosa und harmlos machen. Sowas wie: Liebe machen. Die Nacht zusammen verbringen. Miteinander schlafen.

Und wenn du es noch nie gemacht hast, guckst du dir das an und denkst dir: HOW THE FUCK KÖNNEN ALL DIESE WÖRTER EIN UND DIESELBE SACHE BESCHREIBEN?

David

S-EX

Einmal, als ich acht oder neun Jahre alt war, hat bei uns in der Straße ein Auto aus Stuttgart geparkt. Es war Dorffest an diesem Tag, vielleicht gehörte das Auto jemandem, der für das Fest zu Besuch gekommen war. Die Farbe des Autos habe ich vergessen, aber an das Nummernschild kann ich mich noch sehr gut erinnern. Es lautete: S-EX (dahinter eine dreistellige Zahl, die ich allerdings auch vergessen habe). Ich lief zum Sportheim, wo das Fest bereits in vollem Gang war. Ich trommelte ein paar Kinder zusammen und sagte, ich würde ihnen was Aufregendes zeigen. Sie wollten wissen, was es war, aber ich verriet nichts. Wir liefen gemeinsam durch das Dorf und als wir bei dem Auto ankamen, präsentierte ich das Nummernschild, als hätte ich einen Schatz gefunden. Die meisten Kinder fingen an zu kichern oder wurden genauso rot wie ich, als ich das Nummernschild ein paar Minuten vorher zum ersten Mal gesehen hatte. Aber dann fing ganz hinten in der Gruppe ein Junge an zu lachen. Er war älter als wir anderen, dreizehn oder sogar vierzehn, und wurde im Dorf Zipper genannt. Wir hatten nicht bemerkt, dass er uns gefolgt war, automatisch zogen alle Kinder die Schultern ein. Um diesen Jungen machten wir normalerweise immer einen großen Bogen. Er war brutal, es gab das Gerücht, dass er schon mit elf Jahren einen Erwachsenen krankenhausreif geprügelt hatte. Wenn wir morgens auf den Schulbus warteten, lehnte er manchmal an der Wand des Wartehäuschens und spielte lässig mit seinem Butterflymesser. Er ging auf die Hauptschule und meine Eltern sagten, es sei absehbar, dass aus ihm nichts werden würde. Sie sagten das in einem herablassenden, abschätzigen

Tonfall und ich konnte nicht nachvollziehen, wieso sie so wenig Respekt vor ihm hatten. Ich hatte so viel Respekt vor diesem Zipper, dass ich mich wahrscheinlich eingepisst hätte, wenn ich ihm nachts allein auf der Straße begegnet wäre.

»Ihr Babys«, sagte er. »Ein Nummernschild, auf dem SEX steht? Euer Ernst?«

Er lief durch die Gruppe Kinder, die mir gefolgt war, bis er direkt vor dem Auto stand. Dann bückte er sich, fasste das Nummernschild mit beiden Händen und zog daran. Es knirschte und knackte, irgendein Plastikteil brach. Der Junge rüttelte und zog mit ganzer Kraft und schließlich hielt er das Nummernschild in der Hand. Niemand von uns hatte ein Wort gesagt, schweigend hatten wir Zipper dabei zugesehen, wie er das Nummernschild abgebrochen hatte und schweigend beobachteten wir nun, wie er seinen Pullover auszog und das Schild darin einwickelte.

»Wenn ihr's jemandem sagt, schlag ich euch die Fresse ein«, sagte er.

Es war unnötig, dass er das erwähnte. Ich konnte mir nicht vorstellen, dass irgendjemand von uns so dumm sein würde, Zipper zu verpetzen.

»Und zu eurer Information«, sagte Zipper, als er sich wieder aufrichtete. »Es gibt Leute, die sich das nicht nur auf ihr Nummernschild schreiben, sondern es tatsächlich tun.«

Er klemmte sich das in den Pullover verpackte Nummernschild unter den Arm und sah uns an. Wir waren zehn oder fünfzehn Kinder, die meisten waren etwa in meinem Alter, aber es waren auch jüngere dabei, kleinere Geschwister und Kindergartenkinder, die uns einfach aus Neugier hinterhergelaufen waren.

»Ich könnte euch was zeigen«, sagte Zipper. »Aber ist nicht ganz jugendfrei.«

Niemand von uns antwortete. Was sollten wir auch darauf antworten, er hatte uns ja keine Frage gestellt. Zipper lachte und klappte einem kleinen blonden Jungen vorne die Schirmmütze runter.

»Wer keine Pussy ist, kommt mit mir«, sagte er und lief die Straße weiter Richtung Wald. Ein Mädchen nahm den kleinen, blonden Jungen, dem Zipper auf die Mütze geschlagen hatte, an der Hand und verschwand mit ihm Richtung Sportheim. Die meisten der anderen Kinder folgten ihnen. Außer mir blieben nur vier andere Kinder stehen: Mirko, ein großer, schlaksiger Junge, der meistens im Tor stand, wenn wir Fußball spielten. Sven Hofer, der mit mir in die Klasse ging. Und ein Junge und ein Mädchen, die bei mir in der Straße wohnten und die im Dorf nie anders genannt wurden als *die Zwillinge*. Wir sahen Zipper nach, der mittlerweile den Wendeplatz unserer Straße erreicht hatte und sich zu uns umdrehte.

»Was ist?«, rief er. »Traut ihr euch nicht?«

Ohne miteinander zu sprechen, setzen wir uns in Bewegung und liefen ihm nach. Hinter dem Wendeplatz fing der Wald an. Es gab einen ausgetretenen Trampelpfad, auf dem die Leute aus unserer Straße ihre Joggingrouten begannen, bevor sie ein bisschen weiter oben auf den offiziellen Waldweg wechseln konnten. Wenn man diesem Trampelpfad weiter folgte, anstatt auf den Waldweg abzubiegen, kam man schon bald zu einem Jägerhochsitz. Zipper steuerte darauf zu und kletterte die hölzerne Leiter nach oben. Wir anderen blieben stehen und sahen zu, wie er oben in der kleinen Holzkabine verschwand. Bis zu diesem Zeitpunkt hatten wir kein Wort miteinander gewechselt, wie eine Herde Lämmer waren wir Zipper in den Wald gefolgt. Nun standen wir verwirrt unter dem Jägerhochsitz und guckten uns an. Wir konnten uns beim besten Willen nicht vorstellen, was es dort oben zu sehen gab. Zipper streckte seinen Kopf aus dem Sichtfenster und grinste.

»Ihr müsst euch aufteilen«, rief er. »Ist bisschen eng hier oben. Ihr zwei zuerst.«

Er zeigte auf die Zwillinge, sie kletterten die Leiter nach oben und verschwanden in der Kabine. Wir drei anderen blieben unten stehen und lauschten. Zipper sagte irgendwas, aber wir konnten es nicht verstehen. Dann wurde es still.

»Was machen die da oben?«, fragte Mirko und zog die Augenbrauen zusammen. Er war ein kleines bisschen älter als Sven Hofer und ich, damals vielleicht schon 10 oder 11 Jahre alt. Später würde er einer von Zippers besten Freunden werden. Auch Sven Hofer und ich würden ein paar Jahre später unseren ersten Joint mit Zipper rauchen. Das Dorf war klein, viele Auswahlmöglichkeiten hatten wir nicht. Und ich glaube, Zipper gefiel es, sich mit Jüngeren zu umgeben. Vielleicht war das für ihn die einzige Möglichkeit, an ein bisschen Respekt zu kommen. Aber wenn uns damals jemand gesagt hätte, dass es eine Zeit geben würde, in der wir fast jeden Tag mit Zipper auf dem Sportplatz chillen würden, hätten wir dieser Person einen Vogel gezeigt.

Die Zwillinge kletterten die Leiter wieder herunter. Sie waren bei uns Dorfkindern eher Außenseiter, vielleicht weil sie bei den Zeugen Jehovas waren und niemand so richtig wusste, was das bedeutete. Zwar spielten sie jeden Abend Fußball mit uns, und sie waren auch meistens dabei, wenn wir andere Sachen machten, Hütten bauten oder im Fluss badeten. Aber so wirklich befreundet waren wir trotzdem nicht mit ihnen. Womöglich nahmen wir es deshalb nicht besonders ernst, als sie kreidebleich und verstört vor uns auf dem Waldboden standen und flüsterten: »Geht da nicht hoch.«

»Warum?«, sagte Sven Hofer. »Was ist denn da oben?«

»Ja«, sagte Mirko. »Hat euch Zipper seinen Pimmel gezeigt, oder was?«

»Nee«, hörten wir Zipper von oben rufen. »Noch viel besser. Lasst euch überraschen.«

Er winkte uns zu, und Mirko begann, die Leiter hinaufzuklettern, ich folgte ihm und zuletzt kam Sven Hofer. Der Hochsitz war so eng, dass wir nicht alle darin Platz hatten. Sven Hofer blieb auf der obersten Leitersprosse stehen, Mirko und ich quetschten uns neben Zipper auf die hölzerne Sitzbank.

»Bereit?«, fragte Zipper und wir nickten, obwohl wir nicht wussten, für was.

Zipper grinste und entsperrte sein Handy, das er in der Hand hielt.

Zuerst verstand ich überhaupt nicht, was es war. Es war viel Haut und etwas, das sich schnell vor und zurück bewegte. Ich dachte an Tiere, die etwas verbuddelten. Aber dann zoomte die Kamera raus, und ich sah, dass es kein Tierfilm war, den Zipper uns zeigte. Zumindest nicht so einer, den meine Oma sich im Fernsehen angeschaut hätte.

Es waren ein Mann und eine Frau, sie standen in einer Küche, die so sauber und leer aussah wie eine Küche in einem Möbelhaus. Die Frau hatte sich nach vorne gebeugt und stützte sich mit den Ellenbogen auf die Arbeitsfläche. Sie war nackt. Der Mann stand hinter ihr. Er hatte noch sein T-Shirt und seine Schuhe an, das sah seltsam aus. Mit seinen Händen umfasste er die Hüfte der Frau und hielt sie fest, während er sein Ding in regelmäßigen Bewegungen in die Frau hineinrammte. Man konnte das wirklich nicht anders nennen. Es sah brutal aus und wie etwas, das sowohl ihm als auch ihr wehtun musste. Sein Ding war riesig, ich hatte noch nie so ein riesiges Ding gesehen. Mein Puller stellte sich auch manchmal auf und wurde ein bisschen größer, wenn ich ihn anfasste. Ich wusste, dass er irgendwann noch größer werden und seine Farbe sich verändern würde, das war normal, ich hatte meinen Vater oder im Schwimmbad auch andere Männer schon nackt gesehen. Ich wusste auch, dass ich ihn dann nicht mehr Puller nennen würde. Ich würde Penis sagen. Oder Pimmel. Schwanz. Aber selbst diese Wörter kamen mir viel zu harmlos vor für das Ding, das dieser Mann zwischen den Beinen hatte. Wahrscheinlich ist er in meiner Erinnerung viel, viel größer geworden als er eigentlich war. Aber ich habe seitdem nie wieder einen Porno mit einem derartig großen Schwanz gesehen.

»Das, liebe Leute«, sagte Zipper. »Das ist Sex.«

Meine Eltern hatten mir erklärt, wie Babys gemacht werden. Sie hatten das gesagt, was Eltern so oder so ähnlich wahrscheinlich immer zu ihren Kindern sagen. Der Mann steckt seinen Penis in die Vagina und dann kommt der Samen heraus. Ich hatte eine sehr kindliche Idee von diesem Vorgang. Ich stellte mir vor, dass er in etwa vergleichbar war mit der Bewegung, mit der ein Stecker in eine Steckdose gesteckt wird. Einmal reinstecken, fertig. Das Sperma, das bei diesem Vorgang aus dem Penis herauskommen sollte, war in meiner Vorstellung eine Art Fontäne, wie Wasser aus einem Gartenschlauch, den man aufdreht.

Nichts davon deckte sich mit dem, was ich auf Zippers Handy sah. Weder die Heftigkeit, mit der der Mann die Frau bearbeitete (erst von hinten, dann, sie sitzend auf der Küchenablage, von vorne, dann, sie ein Bein sehr unbequem auf der Spüle platzierend, stehend von der Seite), noch der schmierige, weiße Spermaschleim, den er ihr am Ende auf das Gesicht spritzte. Ich erinnere mich an das Gefühl, mit dem ich auf das Display starrte. Es war eine Mischung aus Unglauben, Neugierde und Ekel. Vor allem Ekel. Mein Herz klopfte wie wild und mein Magen zog sich zusammen. Trotzdem konnte ich meinen Blick nicht abwenden, bis es fertig war und Zipper das Display ausschaltete.

»So, ihr Babys«, sagte er. »Jetzt wisst ihr Bescheid. Und jetzt verpisst euch, ich will mir in Ruhe einen runterholen.«

Sven Hofer, Mirko und ich kletterten von dem Hochsitz hinunter und rannten so schnell wir konnten den Trampelpfad zurück ins Dorf. Wir machten erst Halt, als wir wieder am Sportheim ankamen. Das Fest lief immer noch auf Hochtouren. Die Leute saßen auf den Festbänken und redeten. Kleine Kinder liefen zwischen den Tischen herum, auf der Bühne spielte eine Blaskapelle. Meine Mutter stand am Bratwurststand und winkte uns zu. Wie ferngesteuert liefen wir zu ihr und nahmen die Bratwürste entgegen, die sie vom Grill nahm und in drei aufgeklappte Brötchen legte. Wir drückten Ketchup und Senf in die Brötchen, einfach, weil das zu einer Bratwurst dazugehört. Dann bedankten wir uns bei meiner Mutter und setzten uns ein bisschen abseits neben der Bühne ins Gras. Wir beobachteten die Leute, die Bratwürste wurden kalt, keiner von uns hatte Lust zu essen.

»Also ich glaub nicht, dass ich das jemals machen werde«, sagte Sven Hofer und obwohl er dabei auf das Brötchen in seiner Hand guckte, wussten wir ganz genau, was er meinte.

»Ich glaub auch nicht«, sagte Mirko.

»Ich auf jeden Fall ganz sicher nicht«, sagte ich. »Das schwör ich euch.«

Ich hob sogar meine rechte Hand, daran erinnere ich mich. Sven Hofer und Mirko nickten. Sie sahen genauso erleichtert aus, wie ich mich fühlte. Wir bissen in unsere Bratwürste und fingen an zu kauen. Auf der Tanzfläche vor der Bühne tanzten ein paar Leute Walzer. Als das Lied zu Ende war, drückte ein älterer Mann seine Frau an sich und gab ihr einen langen Kuss. Ich guckte schnell weg und stopfte mir den Rest meines Brötchens in den Mund.

»Gehen wir Fußball spielen?«, fragte ich.

»Logisch«, sagte Mirko und wischte sich mit seiner Serviette den Ketchup vom Mund. »Was denn sonst?«

ZWISCHENSPIEL I

Sex.
Ich will Sex.

Ich denke die ganze Zeit daran.
Das ist nicht normal.
Ich bin nicht normal.

Alex

Ein Fest der Liebe

Okay, denke ich. Jetzt ist es so weit.

Ich stehe in Unterwäsche vor dem Spiegel und gucke mich an. Es ist schon fast sechs Uhr, und ich sollte eigentlich todmüde sein. Aber ich bin hellwach. Fabian ist im Schlafzimmer seiner Eltern verschwunden, um ein Kondom zu suchen. Seine Eltern sind über Weihnachten nach Thailand geflogen. Meine Eltern würden mich niemals über die Feiertage alleine lassen. Nicht unbedingt, weil sie so gerne Zeit mit mir verbringen, sondern weil sie viel zu viel Angst davor hätten, dass die Leute über sie reden würden. Weihnachten ist das Fest der Liebe. An Weihnachten wollen meine Eltern mit mir in die Kirche gehen und sich von allen angucken lassen. Meine Mutter wird mir morgen (oder genauer gesagt: in ein paar Stunden) schöne Kleider herauslegen, wir werden ins Auto steigen und zur Kirche fahren. Und okay, ich werde tun, was von mir erwartet wird. Ich werde aufstehen, hinknien, Hostie essen, mitsingen und so weiter. Aber ich weiß schon jetzt, dass ich den ganzen Gottesdienst lang nur an das denken werde, was hier gleich passieren wird. Wenn meine Eltern wüssten, dass ihre Vorzeigetochter jetzt gerade (am Morgen des 24. Dezembers! an Heiligabend!) in Unterwäsche vor einem Spiegel steht und kurz davor ist, sich entjungfern zu lassen, würden sie durchdrehen. Allein das ist eigentlich Grund genug, es tatsächlich zu machen. Und es wird ja sowieso mal Zeit bei mir. Alle meine Freundinnen haben es schon gemacht. Okay, alle außer Tini. Aber Tini hat auch erst vor ein paar Monaten zum ersten Mal ihre Tage gekriegt. Angeblich hat sogar Melek Yilmazer aus unserer

Klasse es schon gemacht. Ich weiß nicht, ob das stimmt, ich rede nicht mit Melek Yilmazer über solche Sachen. Aber wenn sogar sie das hinkriegt, sollte ich das im Halbschlaf hinkriegen. Okay, im Halbschlaf wäre weird. Tiefenentspannt meine ich. Locker. Aber ich bin weit entfernt von tiefenentspannt und locker.

Stell dich nicht so an, denke ich. Du hast doch gewusst, dass es passieren wird.

Zumindest geahnt habe ich es. Oder warum sonst habe ich heute die Unterwäsche angezogen, die ich mir vor ein paar Wochen von meinem Taschengeld gekauft und seitdem in einer Kiste unter meinem Bett versteckt habe, damit meine Mutter sie nicht findet? Okay, Unterwäsche ist eigentlich das falsche Wort für das, was ich gerade anhabe. Es sind ein paar Fetzen schwarzer Spitze, der Stoff ist so dünn, dass man quasi alles durchsieht. Fabian hat es gefallen, glaube ich. Jedenfalls hat er ziemlich scharf eingeatmet, als er mir das Kleid über den Kopf gezogen hat. Es ist ganz bestimmt nicht das erste Mal, dass sich ein Mädchen in diesem Zimmer von Fabian ausziehen lässt. Das Blechkästchen auf dem Regal neben dem Bett, in dem Fabian seine Kondome üblicherweise aufbewahrt, war jedenfalls leer. Was bedeutet, dass er schon mindestens zehn Mal Sex gehabt hat (oder wie viele Kondome sind in einer Packung?). Was ebenfalls für eine gewisse Routine spricht, ist die Tatsache, dass er die Kondome nicht irgendwo versteckt, wie ich das machen würde, sondern sie griffbereit direkt neben seinem Bett aufbewahrt. Wie so ein richtiger Player.

Immerhin hat er Erfahrung, denke ich. Das ist doch gut, entspann dich.

Aber mein Herz schlägt viel zu schnell, und ein Teil von mir würde am liebsten aus dem Zimmer laufen und dieses Haus verlassen, bevor Fabian zurückkommt. Ich komme mir verkleidet vor in meiner neuen Unterwäsche, gar nicht wie ich selbst. Gibt es eigentlich auch Dessous für Jungs? Darüber habe ich noch nie nachgedacht.

Ich wende mich vom Spiegel ab und setze mich auf das Bett. Ich versuche, ruhig zu atmen. Okay, vielleicht findet Fabian ja gar kein Kondom bei seinen Eltern. Alte Leute verhüten normalerweise nicht mehr mit Kondom. Meine Eltern haben jedenfalls keine Kondome im Schlafzimmer. In der Nachttischschublade meiner Mutter habe ich mal ein Diaphragma gefunden. Es war ziemlich verstaubt und sah so aus, als wäre es schon jahrelang nicht mehr benutzt worden. Die Vorstellung, dass meine Eltern immer noch miteinander Sex haben, ist widerlich. Ich denke lieber nicht genauer darüber nach.

Wenn Fabian kein Kondom findet, dann legen wir uns vielleicht einfach ins Bett und kuscheln. Ich fände es schön, mit ihm im Bett zu liegen und zu kuscheln. Okay, ehrlich gesagt, fände ich das sogar viel schöner als irgendwas anderes. Für heute zumindest. Ich kenne Fabian ja eigentlich gar nicht. Okay, ich kenne ihn schon, er geht auf meine Schule, und ich bin seit mehr als einem halben Jahr in ihn verknallt. Aber so richtig geredet haben wir noch nie miteinander. Okay, wenn man es genau nimmt, haben wir auch heute Abend nicht wirklich miteinander geredet. Vor ein paar Stunden, bei der Weihnachtsgala in der Aula unserer Schule, haben wir uns zum ersten Mal offiziell kennengelernt. Ich glaube, bis zu diesem Zeitpunkt hat Fabian nicht mal gewusst, dass ich existiere. Ich habe ihm die Hand gegeben, meinen Namen gesagt und gefragt: *Wie heißt du nochmal?* Fabian hat gegrinst. Ihm war völlig klar, dass ich ganz genau wusste, wie er heißt. Alle an der Schule kennen Fabian, er ist der Schulsprecher. Aber auch wenn er nicht Schulsprecher wäre, würden ihn alle kennen. Er ist einfach der Typ, den alle kennen.

Fabian, hat er gesagt. *Ich heiße Fabian.*

Um uns standen viele Leute, wo Fabian ist, sind immer viele Leute. Alle redeten durcheinander, es interessierte mich nicht wirklich, aber ich redete mit, so gut ich konnte, ich wollte nicht, dass Fabian mich für eine Langweilerin hielt. Meine Freundinnen guckten vom anderen Ende des Raums zu uns herüber und grinsten, Jenny formte mit Zeigefingern und Daumen ein Herz. Ich habe mich oft genug bei ihnen ausgeheult, sie freuten sich darüber, dass Fabian mich endlich wahrnahm. Okay, es ist eigentlich absurd, über ein halbes Jahr lang in jemanden verknallt zu sein, mit dem man noch nie ein Wort gewechselt hatte. Aber ich weiß, dass Fabian und ich zusammengehören. Ich weiß es schon sehr lange. Es hat einfach gedauert, bis er es auch kapiert hat.

Nach der Weihnachtsgala sind wir alle zusammen ins Galaxy. Ich war noch nie im Galaxy, ich glaube, ohne Fabian und die anderen hätte ich mich nicht getraut, dorthin zu gehen. Das Galaxy ist eine Disko am Stadtrand, vor der Tür parken tiefergelegte BMWs, daneben stehen Jungs im Muskelshirt und rauchen. Immer wieder gibt es Schlägereien, Drogen bestimmt auch, meine Eltern haben mir jedenfalls strikt verboten, ins Galaxy zu gehen. Okay, aber das war mir heute Abend vollkommen egal. Mit Fabian wäre ich überall hingegangen.

Wir küssten uns schon nach dem ersten Bier. Die anderen standen vor einem Spielautomaten und schlugen abwechselnd auf einen großen roten Boxhandschuh, woraufhin der Automat die Schlagkraft in Punkten von 1 bis 999 maß. Tini kicherte albern, wenn sie auf den Handschuh schlagen sollte, sie kam nie über zweihundert Punkte. Ich sah, dass David aus unserer Klasse versuchte, ihr eine bessere Schlagtechnik zu erklären. Es war unklar, ob er ihr wirklich helfen wollte oder ob er sie anbaggerte. Im nächsten Moment spürte ich Fabians Hand in meiner. Er zog mich in eine Ecke neben dem DJ-Pult und flüsterte mir ins Ohr, dass er den ganzen Abend lang auf diesen Moment gewartet habe. Ich lächelte und sagte ihm nicht, dass meine Wartezeit um einiges länger gewesen war. Seine Lippen waren genauso weich, wie ich sie mir immer vorgestellt hatte. Er schob mich gegen die Wand, ich schloss die Augen und verabschiedete mich vom Rest der Welt. Es war mir vollkommen egal, dass alle sehen konnten, wie wir uns küssten. Fabians Hände lagen auf meiner Hüfte, und das fühlte sich gut an. Es sind starke Hände. Höchstpunktzahl-Hände. Okay, irgendwann tasteten sie sich nach oben und legten sich auf meine Brüste, und das fühlte sich ein bisschen weniger gut an. Aber ich wollte auf keinen Fall etwas tun, das Fabian verärgerte und diesen Moment kaputt machte, auf den ich so lange gewartet hatte. Seine Hände streichelten über meine Brüste, und ich versuchte, nicht darüber nachzudenken, dass die ganze Disko dabei zugucken konnte. Als Fabian mich fragte, ob ich mit zu ihm nach Hause gehen wolle, nickte ich. Mir war klar, dass seine Hände dort noch andere Sachen tun wollen würden. Fabian ist nicht der Typ, der ein Mädchen ins Kino einlädt oder wochenlang mit ihr spazieren geht, bevor er mal schüchtern irgendeinen Versuch startet in Richtung you-know-what.

Bist du noch Jungfrau?, hat Fabian gefragt, als wir bei ihm zuhause auf dem Bett lagen. Ich habe gelacht, als hätte er einen Witz erzählt. Nicht mal Linda, Tini und Jenny wissen, dass ich es noch nicht gemacht habe. Als ich letzten Sommer aus dem Spanienurlaub zurückgekommen bin, habe ich behauptet, dass ich von einem Kellner namens José entjungfert worden wäre. Picknickdecke zwischen den Dünen, Sterne am Himmel und im Hintergrund das leise Rauschen der Wellen, absoluter Klassiker, alle haben es mir geglaubt. Es gab tatsächlich ein paar hübsche Kellner im Hotelrestaurant. Aber ob einer von ihnen José hieß und Lust dazu hatte, mich am Strand in den Sand zu legen, konnte ich nicht herausfinden, dafür haben meine Eltern viel zu gut auf mich aufgepasst.

Da bin ich aber froh, hat Fabian gesagt und mich geküsst. Dann hat er mir das Kleid über den Kopf gezogen und scharf eingeatmet. Ich habe mich so verhalten, wie ich glaube, dass sich ein Mädchen in so einer Situation verhalten sollte. Als Fabian seine Hand in meinen Slip geschoben hat, habe ich angefangen, schneller zu atmen. Die Hand war kalt und streichelte mit schnellen Bewegungen auf und ab. Das Seltsamste daran war, dass ich nicht wusste, ob es mir gefiel oder nicht. Es war unmöglich, ich konnte es nicht herausfinden. Deshalb atmete ich noch ein bisschen schneller, Fabian über mir lächelte zufrieden, dann griff er mit der linken Hand nach dem Blechkästchen auf seinem Regal und stellte fest, dass es leer war.

Egal, hat er mir ins Ohr geflüstert. *Dann passe ich eben auf.*

Nee, habe ich ihm erschrocken gesagt. *Das mache ich nicht.*

Fabian hat mich geküsst. *Komm schon. Es passiert nichts, ich pass auf, ich versprech's dir.*

Ich habe den Mund zusammengekniffen und den Kopf geschüttelt.

Es ist erst ein paar Wochen her, dass ich Linda die Hand gehalten habe, während sie mit hochgelagerten Beinen auf einem gynäkologischen Stuhl lag und eine Frauenärztin sich mit ernstem Gesichtsausdruck Lindas Unterleib widmete. Linda drückte meine Hand so fest, dass es wehtat, die Ärztin setzte eine Narkose, führte ein Röhrchen in Lindas Vagina ein und saugte die Gebärmutter ab, wobei sie uns ihr Vorgehen bis ins kleinste Detail erklärte. Ich habe aus dem Fenster gesehen, versucht mich auf die Wolken zu konzentrieren, die weiß und flauschig waren, und hab mir geschworen, niemals so dumm zu sein wie Linda, die auf einer Hausparty im Kinderzimmer zwischen Lego- und

Playmobilkisten mit einem random Dude geschlafen und ihm geglaubt hatte, dass er seinen Spermafluss im Griff hatte wie ein Schleusenwärter.

Also gut, hat Fabian gesagt und seine Stimme klang leicht genervt. *Dann warte hier, ich bin gleich wieder zurück.*

Es hat sechs Wochen gedauert, bis Linda gemerkt hat, dass sie schwanger war. Sie hätte dem Dude gerne davon erzählt oder ihn zumindest darüber informiert, dass seine Spermakontrollfähigkeit nicht so fortgeschritten war, wie er angenommen hatte. Aber sie hatte seine Nummer nicht. Die Frauenärztin verschrieb ihr ein Medikament, um die Schwangerschaft abzubrechen. Aus irgendeinem Grund wirkte es bei Linda jedoch nicht, und sie musste das Ding, wie sie es nannte, operativ entfernen lassen. Sie sagt, sie hat die richtige Entscheidung getroffen. Aber letztens hat sie ausgerechnet, wie weit die Schwangerschaft jetzt wäre, wenn sie sie nicht abgebrochen hätte. *Dann hätte ich jetzt schon so einen Bauch,* hat sie gesagt und hat mit ihren Händen eine Wölbung vor ihrem Körper geformt. Sie sah traurig aus dabei und war für den Rest des Abends ziemlich still.

Den Typ haben wir neulich auf einer Party gesehen. Er stand auf einem Tisch und tanzte YMCA, später kotzte er in eine Zimmerpflanze. Linda hat nicht mit ihm geredet.

Fabian kommt zurück ins Zimmer und setzt sich neben mich auf das Bett.

»Und?«, sage ich.

»Nee«, antwortet Fabian. »Fehlanzeige.«

»Und jetzt?«

Fabian zuckt die Schultern. »Wenn du es nicht ohne machen willst?«

»Will ich nicht. Tut mir leid.«

»Kannst du mir dann wenigstens einen blasen?«

Der Satz hängt in der Luft wie ein schlechter Witz, über den niemand lacht. Ich mache meinen Mund auf, und dann mache ich ihn wieder zu. Fabian atmet aus, wobei er die Luft durch seine Lippen flattern lässt.

»Ja, dann weiß ich auch nicht«, sagt er. »Es ist sowieso schon spät. Vielleicht sollten wir einfach schlafen gehen.«

»Okay«, sage ich erleichtert und gucke ihn an. Er lächelt und streicht mir eine Haarsträhne hinter das Ohr.

»Wohnst du weit von hier?«, fragt er. »Soll ich dir ein Taxi rufen?«

Er lächelt immer noch. Ich glaube, ich lächle auch, aber ganz sicher bin ich nicht. Mein Gesicht fühlt sich insgesamt so an, als hätte jemand gerade einen 999-Punkte-Schlag darin platziert. Die Haarsträhne, die Fabian mir vor ein paar Sekunden hinter das Ohr gestrichen hat, rutscht zurück in mein Gesicht. Plötzlich fällt mir auf, dass es draußen schon wieder hell wird. Wie ferngesteuert stehe ich auf und greife nach meinen Klamotten, die neben dem Bett auf dem Boden liegen. Zuerst das Kleid, linker Arm, rechter Arm, über den Kopf, die Brüste, nach unten über die Hüfte, Saum zurecht ziehen, Reißverschluss schließen, dann die Strumpfhose, ein Bein, anderes Bein, die Jacke aus dunkelblauer Seide, die meine Mutter mir extra für die Weihnachtsgala gekauft hat, der passende Schal dazu, die hellblaue Mütze, die so gut zu meinen Augen passt, zuletzt die Stiefel. Fabian sitzt in Boxershorts auf dem Bett und sieht mir beim Anziehen zu.

»Was ist?«, sagt er, als ich fertig bin. »Soll ich dir ein Taxi rufen oder nicht?«

»Nicht nötig«, sage ich und nehme meine Handtasche, die ich auf Fabians Schreibtisch abgelegt habe. »Ich komm schon klar.«

»Gut«, sagt Fabian und steht auf. »Dann komm gut nach Hause.«

»Ja«, sage ich. »Du auch.«

Fabian lacht. Ich lache ebenfalls. Okay, es dauert nur noch ein paar Sekunden, bis ich anfange zu heulen, das spüre ich.

»Wir sehen uns in der Schule«, sagt Fabian und umarmt mich.

»Okay«, sage ich.

Ich löse mich aus seiner Umarmung und laufe aus dem Zimmer. Noch im Flur kommen die Tränen. Ich öffne die Haustüre und renne die Stufen vor dem Haus nach unten. Links und rechts neben der Treppe stehen Gartenzwerge und Porzellantiere in kleinen Gruppen zusammen. Sie sind mir nicht aufgefallen, als wir vorhin gekommen sind. Ich bücke mich und schnappe mir einen weißen Porzellanhasen, okay, ich weiß nicht wieso, ich mache es einfach. Mit dem Hasen im Arm renne ich auf die Straße. Die Luft ist kalt, und es riecht nach Schnee. Erst als ich an der Bushaltestelle ankomme, halte ich an. Ich setze mich auf die Bank und stelle den Hasen neben mir ab. Er hält eine Pfote in die Luft, als würde er jemandem zuwinken und sein Porzellangesicht ist zu einem dümmlichen Lächeln verzogen.

Okay, okay, denke ich. Reiß dich zusammen.

Meine Eltern werden sowieso wütend sein, wenn ich an Heiligabend erst um diese Tageszeit nach Hause komme. Sie müssen nicht auch noch merken, dass ich geheult habe. Ich krame ein Taschentuch aus meiner Handtasche und putze mir die Nase. Ich klappe meinen Handspiegel auf, wische mit Spucke die Wimperntusche weg, die sich unter meinen Augen verteilt hat. Dann trage ich Concealer und Make-up auf. Als der Bus um die Ecke biegt, sieht mein Gesicht wieder einigermaßen okay aus. Ich steige hinten ein und setze mich in die letzte Reihe. Der weiße Porzellanhase bleibt auf der Bank des Haltestellenhäuschens stehen und winkt mir fröhlich zum Abschied.

ZWISCHENSPIEL II

Meine Eltern haben nie mit mir über solche Sachen geredet. In unserem Bücherregal stand ein einziges Buch, das irgendwie damit zu tun hatte. Ich glaube, wir haben es geschenkt bekommen. Es war von Janosch und hieß »Mutter sag, wer macht die Kinder?«. Ich habe es mir ungefähr zweihundertmal angeguckt. Als ich vierzehn war und meinen ersten Freund hatte, wollte mein Vater ein Gespräch mit mir über die Sache führen. Wir saßen am Küchentisch, der Kühlschrank brummte übernatürlich laut und mir war heiß. Ich starrte die ganze Zeit auf die Tischplatte, während mein Vater über Verhütung, Schwangerschaft und HIV redete. Irgendwann hielt ich es nicht mehr aus und sagte, Danke, aber das sei nicht nötig, ich wüsste schon Bescheid. Mein Vater hörte auf zu reden. Dann nickte er und sah erleichtert aus.

Teddy

Muppetshow

Draußen wird es langsam hell. Am Tresen sitzen die zwei Alkis, die seit paar Wochen jeden Abend als Erste kommen und als Letzte wieder gehen. Gehören schon fast zum Inventar, wie der Boxautomat in der Ecke und der Tischkicker im Eingangsbereich. Wir nennen sie die zwei Alten von der Muppetshow. Ich sag's wie's ist, ich komm nicht ganz klar mit denen. Ich versteh einfach nicht, warum die sich zum Trinken ausgerechnet das Galaxy ausgesucht haben. Gibt in der Stadt auch andere Kneipen, in der Fünfzigjährige mit Karohemd und Halbglatze am Tresen sitzen und ihr Geld in Bier und Schnaps verballern können. Was wollen solche Typen in einer Teenagerdisse? Geilen die sich auf an den Mädchen, die mit bauchfrei über die Tanzfläche hüpfen? Ich mein, da muss man nur eine Sekunde lang drüber nachdenken, und dann stolpert doch was im Gehirn. Aber gut, sind Freunde vom Chef. Chef hat gesagt: Teddy, die lässt du rein, no matter what. In seinem Büro hat er mir das gesagt, hat mich extra hinbestellt, so wichtig war ihm das. Normalerweise bestellt der Chef niemanden in sein Büro. Anweisungen verteilt er locker im Vorbeigehen, er hat's nicht so mit der Bürokratie, ist eigentlich ein korrekter Typ, der Chef. Aber wegen den Alten von der Muppetshow musste ich mich vor seinem Schreibtisch aufstellen, so richtig förmlich, bin mir vorgekommen wie ein Schuljunge. Die haben sich beim Chef beschwert über mich, die Alten. Weil ich sie nicht reinlassen wollte, als sie das erste Mal gekommen sind. Waren schon vollkommen blau am Abend, standen schwankend vor der Eingangstür und haben Türkenwitze erzählt, extralaut, damit Yousef und seine

Leute, die wie immer auf dem Parkplatz an ihren Autos lehnten, es auch ganz bestimmt hören. Yousef hat nur abgewunken, er ist der friedlichste Mensch im ganzen Landkreis und für zwei rassistische Opas macht er sich sicher nicht die Finger schmutzig. Aber dass ich die Muppets nicht in den Club lassen kann, war klar. Nicht nur wegen Yousef, auch wegen Prinzip. Das Galaxy hat seit Neustem ein Awarenesskonzept, und der Chef hat selber gesagt, wir sollen das ernstnehmen, sonst bringt's das nicht, dann müssen wir gar nicht erst damit anfangen. Punkt zwei auf dem Awarenesskonzept: Wer andere rassistisch beleidigt, fliegt raus. Also hab ich den zwei Alten gesagt, dass sie sich verpissen sollen. Der Chef war an dem Abend nicht im Galaxy. Aber schon am nächsten Tag hat er mich dann in sein Büro bestellt und gesagt, dass ich ihnen in Zukunft nie mehr den Eintritt verweigern darf, no matter what.

Und ich so: Also aufs Awarenesskonzept geschissen?

Und der Chef so: No matter what.

Irgendjemand hat gesagt, der Chef und die Alten von der Muppetshow kennen sich schon seit der Kindheit, sind zusammen aufgewachsen. Ich hab drüber nachgedacht und vielleicht würd ich Yasin, Ari oder Lou später genauso in meine Disko reinlassen. Auch wenn sie totale Arschlöcher geworden sind. Vielleicht ist das so mit den engsten Homies. Vielleicht bist du blind für den Rest, wenn sie in deinem Herz drin sind.

Jedenfalls kommen die Alten seitdem jeden Abend. Sitzen am Tresen und benehmen sich, als würd ihnen der Laden gehören.

»Machste uns nochmal eins?«, sagt einer der Muppets zu Micha, der heute die letzte Barschicht gehabt hat.

»Nee«, sagt Micha, während er sich zum Geschirrspüler unter dem Tresen bückt.

»Was nee?«, fragt der andere Alte.

Micha wuchtet einen vollen Korb frisch gespülter Gläser auf den Tresen und fängt an, sie abzutrocknen und in die Schränke zu räumen. Guckt die Alten von der Muppetshow dabei nicht mal an. Ich kann von der Tür aus sehen, wie die hochkochen, vor allem der eine, der rechts außen am Tresen sitzt. Er hat eine Truckermütze auf seiner Halbglatze, hat er eigentlich jeden Abend auf, sieht total beschissen aus.

»Kannst du nicht antworten, wenn du was gefragt wirst?«, sagt der mit der Truckermütze zu Micha. »Minimal höflich, geht nicht bei dir, oder was?«

»Leute, guckt euch mal um«, sagt Micha und zeigt mit der Hand in den leeren Diskoraum. Die bunten Lichter sind aus, im Neonlicht ist der Raum viel kleiner. Und auch trauriger irgendwie. Auf der Tanzfläche Plastikbecher und Bierpfützen, eine kaputte Sonnenbrille.

»Es ist Feierabend«, sagt Micha. »Geht nach Hause. Morgen wieder.«

»Komm schon«, sagt der zweite Alte und schiebt sein leeres Bierglas über den Tresen. »Du musst eh noch deine Gläser polieren, stört dich doch nicht, wenn wir hier sitzen und noch eins trinken.«

»Doch«, sagt Micha. »Stört mich. Hab euch abkassiert. Kasse ist zu. Ich will hier in Ruhe aufräumen, alle sind nach Hause gegangen und für euch gibt's keine Sonderregel.«

»Hast du das gehört?«, sagt der Muppet mit der Truckermütze zu seinem Freund. »Die kleine Schwuchtel ist ganz schön frech.«

»Ey«, ruf ich von der Tür aus durch den Raum. »So nicht.«

Aber die Alten beachten mich nicht mal. Der mit der Truckermütze steht auf, läuft hinter den Tresen und fängt an, sich ein Bier zu zapfen.

»Was wird das?«, fragt Micha.

»Siehst du doch«, antwortet der Alte. »Ich hol mir mein Bier eben selbst.«

»Ganz sicher nicht«, sagt Micha, zieht das Glas unter dem Hahn weg und leert es in das Spülbecken.

Und dann geht alles ganz schnell. Der Alte mit der Truckermütze holt aus und schlägt Micha ins Gesicht. Michas Kopf fliegt nach hinten und knallt an das Regal, auf dem die Schnapsflaschen stehen. Sieht schmerzhaft aus, aber Micha rappelt sich sofort wieder auf und kickt den Alten voll Karacho mit dem Fuß in den Bauch. Micha, muss man wissen, ist das Gegenteil von einem Schlägertyp. Er interessiert sich für Mode und für Tiere und so Zeug und wenn im Galaxy wenig los ist, sitzt er hinter seiner Bar und liest Liebesromane. Auf Garantie hat er sich noch nie in seinem Leben mit irgendjemandem geprügelt. Aber der Tritt, den er dem Alten verpasst, sieht heftig aus. Der Alte klappt hinter dem Tresen zusammen wie ein nasser Sack und bleibt auf dem Fußboden liegen. Micha guckt ihn an, sieht erschrocken aus, wie'n kleiner Junge, der aus Versehen was kaputt gemacht hat.

Der andere Alte reckt sich auf seinem Barhocker, um seinen Kumpel hinter dem Tresen auszumachen, und ruft: »Klaus? Bist du okay?«

Aber er kriegt keine Antwort. Micha steht wie versteinert da und starrt auf die Stelle, an der der Alte zu Boden gegangen ist. Ich kann ihn von meiner Position aus nicht sehen, darum laufe ich über die Tanzfläche und gehe um den Tresen herum. Truckermützen-Klaus liegt zusammengekrümmt und ganz still neben der Spülmaschine, die Truckermütze ist ihm vom Kopf gerutscht und gibt den Blick frei auf seine Halbglatze. Eigentlich hat er nur noch zwischen den Ohren um den Nacken herum ein paar Haare, Dreiviertelglatze wäre der passendere Ausdruck für seine Frisur.

»Meinst du, ich hab ihn umgebracht?«, fragt Micha.

»Quatsch«, sag ich, aber dass der Typ sich so gar nicht bewegt, macht mich ein bisschen nervös. Ich hab schon einige Schlägereien mitbekommen im Galaxy, und ich sag's wie's ist – wenn einer, der vor ein paar Sekunden noch auf Angriff gebürstet war, plötzlich stumm wie'n Fisch am Boden liegt, dann ist das meistens kein gutes Zeichen. Micha muss ihn aus Versehen richtig erwischt haben. Ich beuge mich über ihn und klopfe ihm leicht auf die Wange.

»Ey, du«, sag ich. »Hörst du mich?«

Er reagiert nicht, aber immerhin sehe ich, dass er atmet. Der andere Alte dreht mittlerweile vollkommen durch auf seinem Barhocker.

»Klaus?!«, ruft er immer wieder. »Sag doch was, Klaus! Klaus? Was ist mit dir, Klaus?«

»Halt jetzt mal deine Fresse«, fahr ich ihn an, während ich mein Handy aus der Hosentasche hole. Notrufnummer ist schon eingegeben, da seh ich, dass Truckermützen-Klaus sich bewegt. Schlägt die Augen auf, rollt sich auf den Bauch und stöhnt. Ich stecke das Handy wieder weg, stupse ihn an die Schulter.

»Alles klar bei dir?«, sag ich. »Kannst du aufstehen?«

»Lass mich in Ruhe, du schwule Sau«, brummt er.

Mir bleibt kurz die Sprache weg. Denkt man ja nicht, dass einer nach einem Total-Knockout direkt beim ersten Atemzug wieder derselbe Pisser ist wie vorher. Micha und ich gucken ihm dabei zu, wie er sich vom Bauch aus nach hinten auf die Knie schiebt. Wenn ich von der Arbeit nach Hause komme, mach ich manchmal Yoga zum Runterkommen, ist besser als einen Doobie zu rauchen, ich sag's wie's ist. Dann sitz ich auch so da wie der Alte jetzt. Haltung des Kindes, ich kenn mich aus. Mit Yoga und Entspannung hat der Alte allerdings nicht so viel zu tun. Brabbelt irgendwas, das ich nicht verstehe, dann greift er nach seiner Truckermütze, setzt sie auf und zieht sich am Handtuchhalter neben der Spülmaschine hoch. Micha ist auf den Tresen geklettert, um sich in Sicherheit zu bringen. Kommt mir bisschen übertrieben vor, Klausi kann sich ja kaum selber auf den Beinen halten. In Schlangenlinien läuft er über die Tanzfläche Richtung Ausgang. Er wirkt besoffen und vollkommen fertig, aber nicht so, als würde er im nächsten Moment anfangen, Blut zu spucken, das beruhigt mich.

»Komm, Rolli, wir gehen«, ruft er dem anderen Alten zu, der immer noch an der Bar sitzt.

Rolli, mindestens genauso besoffen, klettert von seinem Barhocker und stolpert seinem Kumpel Klaus hinterher. Micha und ich laufen zum Fenster und gucken ihnen nach, wie sie gemeinsam über den Parkplatz Richtung Straße schwanken. An der Bushaltestelle bleiben sie kurz stehen und beratschlagen sich, ob sie den ersten Bus nehmen sollen. Vergleichen ihre Armbanduhren mit dem Fahrplan, entscheiden sich dann aber, zu Fuß den Heimweg anzutreten. Ohne sich noch einmal nach uns umzudrehen, gehen sie die Straße entlang, torkeln dabei immer wieder aneinander und bringen sich aus dem Gleichgewicht. Am Himmel ist Sonnenaufgang und aus den Boxen dudelt dazu passend irgendein Singersongwriter-Schnulz, den Micha eingelegt hat. Er hört immer nur so sentimentales Zeug beim Aufräumen, sagt, seine Ohren ertragen nichts anderes mehr nach einer Nacht im Galaxy.

»Ist doch komisch, oder?«, sagt Micha neben mir. »Kannst du dir vorstellen, dass solche Typen auch mal so alt waren wie wir?«

»Nee«, sage ich. »Ich glaub, die sind schon so auf die Welt gekommen. Und der Arzt nach der Geburt so: Herzlichen Glückwunsch, es ist ein Muppet. Und die Mutter so: Ein Muppet? Ich wollte keinen Muppet, ich wollte ein Baby! Und der Arzt so: Keine Sorge, er sieht vielleicht scheiße aus, aber dafür ist er sehr pflegeleicht. Einfach bisschen Wodka in die Nuckelflasche füllen und in der nächsten Kneipe abgeben, dann haben Sie Ihre Erziehungspflicht auch schon erledigt.«

»Das ist so ein Ding von dir, oder?«, sagt Micha. »Dass du dich über alles lustig machen musst?«

Er guckt mich an, und ich seh erst jetzt, wie rot und dick sein linkes Auge schon ist.

»Junge, wir müssen das kühlen«, ruf ich und lauf zurück zur Bar. »Sonst schwillt das gleich komplett zu.«

Micha kommt mir nach und nimmt auf einem Hocker vor dem Tresen Platz. Ich nehm paar Eiswürfel und wickel sie in eine Serviette. Dann setz ich mich neben Micha und leg ihm das Päckchen vorsichtig auf sein geschwollenes Gesicht.

»Sieht es sehr schlimm aus?«, fragt Micha.

»Ach was«, sag ich. »Du solltest mal den anderen sehen.«

»Hä?«

»Ist ein Witz«, sag ich. »Sagt man so. Wenn man sich geprügelt hat. Kennst du das nicht?«

»Ich kenn solche Witze nicht. Ich hab mich noch nie geprügelt.«

»Einmal ist immer das erste Mal, du kleine Karatekatze.«

»Haha.«

»Du hast ihn jedenfalls ganz schön erwischt.«

»Ja«, sagt Micha. »Ich bin auch erschrocken. Ich wollte das eigentlich gar nicht. Das kommt vom Thaiboxen.«

»Du gehst ins Thaiboxen?«, frag ich ungläubig. Thaiboxen ist kein Hobby, das ich Micha zugetraut hätte. Er sieht eher wie jemand aus, der in seiner Freizeit Vogeleier sammelt oder bunte Taschen aus alten Stoffresten näht oder solche Sachen.

»Ja«, sagt Micha und lächelt.

»Wieso weiß ich das nicht?«

»Keine Ahnung«, sagt Micha. »Weil ich's dir nicht erzählt hab wahrscheinlich.«

»Ja, aber wieso erzählst du sowas nicht? Da kann man doch stolz drauf sein, Junge. Leute, ich geh ins Thaiboxen, also kommt nicht auf die Idee, euch mit mir anzulegen, okay?«

»Ich mach das doch nicht, um anzugeben. Ich will einfach bereit sein.«

»Bereit sein?«, sag ich. »Für was?«

»Für sowas wie heute Abend.«

»Du machst Thaiboxen, damit du bereit bist, wenn zwei fünfzigjährige Alkis dich angreifen? Wie oft kommt sowas vor in deinem Leben?«

»Leider viel zu oft.«

»Du wirst leider viel zu oft von fünfzigjährigen Alkis angegriffen?«, frag ich und lache, »erzähl mir mehr. Ich hab gar nicht gewusst, dass du so ein aufregendes Leben führst.«

»Du hast echt keine Ahnung«, sagt Micha und klingt bisschen wütend. Er nimmt mir den Serviettenbeutel mit den Eiswürfeln aus der Hand, um ihn sich selber an die Backe zu halten. »Aber ja, wenn du es genau wissen willst, ich bin schon oft beschimpft und bedroht worden, angespuckt, geschubst. Es sind auch schon Flaschen nach mir geworfen worden.«

»Hä?«, sag ich. »Warum?«

»Keine Ahnnung, weiß ich doch nicht«, sagt Micha. »Für manche Leute ist es einfach ein Riesending, wenn jemand schwul ist. Sie fühlen sich davon persönlich angegriffen oder was. Der Alte gerade eben doch auch, hast ihn ja gehört.«

»Echt jetzt? Die Leute werfen Flaschen nach dir?«, frag ich.

»Als ich noch mit meinem Freund zusammen war, war es am schlimmsten«, sagt Micha. »Wenn wir Hand in Hand durch die Stadt gelaufen sind und einer Gruppe von Jungs begegnet sind, haben wir sofort losgelassen und so getan, als wären wir nur Kumpels. Mein Freund ist automatisch breitbeiniger gelaufen, und seine Stimme ist plötzlich viel tiefer und lauter geworden. Hinterher haben wir manchmal darüber gelacht. Obwohl eigentlich nichts daran lustig war. Wir sind mehr als einmal vor solchen Jungs weggerannt. Sie haben uns nie erwischt, irgendwie haben wir immer Glück gehabt. Wahrscheinlich würde mir das Thaiboxen in so einer Situation dann auch nichts bringen, aber ich fühl mich zumindest nicht komplett wehrlos.«

»Heftig«, sag ich und für einen Moment weiß ich nicht, was ich sagen soll. Ich guck Micha an, der auf dem Barhocker sitzt und sich den Serviettenbeutel mit den Eiswürfeln an die Backe hält. Ich kenn Micha nur von der Arbeit, ich hab mir noch nie viele Gedanken über ihn gemacht. Er ist blond und sieht bisschen aus wie der Junge in dem Film *Kevin allein zu Haus*, nur in älter und mit Locken. Seine Zähne sind leicht schief, und er hat Grübchen, wenn er lächelt. Er ist so der Typ, den eigentlich alle gerne haben, hab ich immer gedacht. Vor allem die Mädchen kleben oft richtig an der Bar und erzählen ihm ihre Geschichten, er kommt manchmal gar nicht zum Arbeiten. Aber er verliert nie die Geduld. Und Mann, wenn du an der Bar im Galaxy arbeitest, gibt's eine Menge Dinge, wegen denen du die Geduld verlieren könntest. Die Leute, die bei uns feiern, haben oft noch überhaupt keinen Plan von Alkohol. Manchmal ist schon um halb elf irgendein Sechzehnjähriger so hackevoll, dass er neben die Bar kotzt. Andere an Michas Stelle würden regemäßig ausrasten, ich sag's wie's ist. Aber Micha schiebt den Jugendlichen nur ein Glas Wasser über die Theke, sagt, sie sollen an die frische Luft gehen, und dann holt er den Putzeimer. Unser Diskoengel, so nennt der Chef ihn immer. Mit seinen blonden Locken sieht Micha wirklich ein bisschen aus wie'n Engel. Jedenfalls nicht wie jemand, dem man Flaschen nachwirft und der Zickzack durch die Stadt rennen muss, damit er nicht verprügelt wird.

»Heftig«, sag ich noch einmal.

»Ja«, sagt Micha. »Aber seitdem ich wieder Single bin, ist es einfacher, zumindest was das betrifft.« Er lächelt ein bisschen schief unter dem Eiswürfelpaket, mit Grübchen neben den Mundwinkeln.

»Warum habt ihr euch getrennt?«, frag ich. »Du und dein Freund?«

Micha zuckt die Schultern. »War einfach irgendwann vorbei. Ich hab keine Schmetterlinge mehr im Bauch gehabt, wenn ich ihn gesehen habe. Weißt du, was ich meine? Wenn alles plötzlich so klebrig und langweilig wird?«

»Keine Ahnung«, sag ich. »Ich war noch nie in jemanden verliebt.«

Micha lässt das Eiswürfelpaket sinken und reißt die Augen auf. »What?!«

»Du musst das kühlen«, sag ich und führ seine Hand zurück an seine Backe. »Glaub mir, wenn das erstmal richtig anschwillt, dauert es ewig, bis es wieder weg ist.«

»Wieso warst du noch nie verliebt?«, fragt Micha, während er das Eiswürfelpaket wieder gehorsam an sein Gesicht drückt.

Ich zuck die Schultern. »Schätze, sowas kann man nicht erzwingen.«

Ist nicht so, dass ich nicht versucht hätte, es zu erzwingen. Aber das sag ich Micha nicht. Find's ja selber bisschen peinlich, wie ich jeden Abend am Eingang steh und mir die Mädchen anguck und mir vornehm, eine anzusprechen. Und wie ich's dann jeden Abend doch nicht mach, weil bis jetzt noch nie eine gekommen ist, die mir gefallen hat.

»Verliebt sein ist das Beste, Teddy«, sagt Micha. »Du musst einfach mal bisschen die Augen offenhalten. Ich wette, das halbe Galaxy ist heimlich in dich verknallt.«

Ich guck Micha an und tipp mir an die Stirn. »So ein Bullshit, Alter.«

»Das ist kein Bullshit«, sagt Micha. »Erstens, du bist der Türsteher vom Galaxy. Der Türsteher, Junge. Der, an dem alle vorbeimüssen. Du bist der mit der Power. Weißt du, wie der Typ in *Herr der Ringe*, der Zauberer, wenn er da so steht und brüllt:

Du kannst nicht vorbei! Zweitens, du siehst gut aus. Drittens, du bist sehr lustig. Viertens, du bist einer der coolsten Typen in der Stadt. Und fünftens trotzdem nicht arrogant. Sechstens, du hast ein weiches Herz. Siebtens, alle unterhalten sich gerne mit dir, weil es nie langweilig wird. Achtens, du hast Muskeln. Neuntens, du bist ziemlich schlau. Zehntens, du sagst, was du denkst und man weiß, woran man ist bei dir. Elftens …«

»Hältst du jetzt mal die Klappe«, unterbrech ich ihn. »Sonst hau ich dir eins auf die zwölf. Dann hast du gleich zwei dicke Augen.«

Micha grinst. »Ist es dir unangenehm, Komplimente zu bekommen, oder was?«

»Halt einfach deine Fresse«, sag ich, und es kommt schärfer raus, als ich eigentlich wollte. Ich versteh ja selber nicht, was jetzt auf einmal los ist. Aber als Micha angefangen hat zu reden, ist mir irgendwie ganz anders geworden. Ich mag nicht, wenn Leute solche Sachen über mich sagen. Kann sein, weil ich's nicht gewohnt bin oder was, kann sein. Solche Sachen muss man gewohnt sein wahrscheinlich.

»Ich geh mal eine rauchen«, sag ich und versuch, meine Stimme extranett klingen zu lassen. Ist ja nicht so, dass ich Micha anpissen will.

Ich steh auf und lauf über die Tanzfläche nach draußen. Vor dem Galaxy hock ich mich auf die Treppe und zieh meinen Tabak aus der Tasche. Micha kommt mir nach und setzt sich neben mich.

»Drehst du mir auch eine?«, fragt er. Ich nicke und hol Blättchen und Filter aus dem Tabakpäckchen. Ich find's gut, dass das alles ist, was er sagt. Er kapiert, dass ich das nicht vertragen würd, wenn er noch einen Spruch macht. Gibt nicht viele Leute, die sowas kapieren. Eine Weile sitzen wir, ohne was zu sagen, nebeneinander und rauchen. Könnte weird sein, ist es aber nicht. Ist ganz normal. Wir sitzen einfach da und rauchen, und aus dem Galaxy heraus ist die Playlist zu hören, die Micha vorhin angemacht hat.

Aber dann passiert was Seltsames. Micha legt seine Hand auf meinen Arm, und er lässt sie einfach dort liegen. Er nimmt sie nicht weg. Und ich tu es auch nicht. Ich guck geradeaus, aber ich spür ganz genau, wie Michas Hand auf meinem Arm liegt. Die Stelle, an der seine Haut meine Haut berührt, ist viel wärmer als der Rest von meinem Körper. Es ist so, als würden sich Michas Finger in meine Haut drücken und Abdrücke hinterlassen. Wie wenn man als Kind die Finger in Knete gedrückt hat. So sitzen wir, eine Ewigkeit sitzen wir so. Ich trau mich nicht, was anderes zu machen. In den Lautsprechern singt ein deutscher Sänger mit einer heiseren Stimme ein Lied über das Ende der Welt.

Und dann hebt Micha seine andere Hand und legt sie an meine Backe. Er dreht meinen Kopf, wir gucken uns an. Sein Gesicht ist direkt vor mir. Ich hab noch nie ein anderes Gesicht so nah vor mir gehabt. Michas Augen sind grün. Ich glaub, ich hab gedacht, er hätte braune Augen. Wenn ich überhaupt was gedacht hab. Kann mich nicht erinnern, dass ich jemals über Michas Augenfarbe nachgedacht hab. Über seine Lippen hab ich auch nicht nachgedacht. Aber jetzt sind sie direkt vor mir, seine Lippen, ganz nah, ich kann gar nicht anders, ich muss sie angucken. Micha guckt auch auf meinen Mund, das merk ich. Wir sind nur noch paar Zentimeter voneinander entfernt, es passiert einfach, ich weiß nicht, wer den Abstand zwischen uns kleiner macht, vielleicht sind wir es beide. Ich spür Michas Atem und wie warm er ist. Und dann legen sich seine Lippen auf meinen Mund. Sie sind weich und fest gleichzeitig, ich hab nicht gewusst, dass es so was gibt. Ich hab nicht gewusst, dass es sich so anfühlt, wenn man geküsst wird. Michas Zunge berührt meine

Zunge, ich berühr seine Zunge zurück, es fühlt sich schön an, wie hundert kleine Stromschläge, aber in angenehm.

Manchmal, wenn ich während meiner Schicht nicht so viel zu tun hab, sitz ich auf meinem Hocker beim Eingang und guck den Leuten beim Knutschen zu. Lässt sich fast nicht vermeiden, weil ab einem bestimmten Pegel knutschen im Galaxy so viele Leute, dass man meinen könnte, sie kommen eigentlich nur deswegen hierher. Was vielleicht tatsächlich so ist, das denk ich, während ich Micha küsse. Leute, die betrunken an der Wand lehnen und sich gegenseitig abschlabbern, sehen von außen meistens nicht sehr sexy aus. Aber vielleicht ist Knutschen eine Sache, die sogar dann Spaß macht, wenn man sternhagelvoll ist und jemanden küsst, der aussieht wie eine Dose Katzenfutter. Micha sieht nicht aus wie Katzenfutter, im Gegenteil. Micha sieht krass gut aus, ich weiß nicht, wieso mir das bis jetzt nicht aufgefallen ist. Vielleicht fällt es erst dann auf, wenn man so nah an ihn herankommt wie ich jetzt gerade.

Unten auf den Parkplatz fährt ein Auto. Ich lass Micha sofort los, aber an der Art, wie der Chef grinst, als er aus seinem Auto steigt, erkenn ich, dass er den Kuss gesehen hat.

»Na Jungs?«, sagt er. »Schöne Nacht gehabt?«

Ich geb keine Antwort, Micha neben mir sagt auch nichts. Weiß nicht, ob er genauso rot ist wie ich, ich trau mich nicht, ihn anzugucken. Der Chef lacht und klappt die Autotür hinter sich zu. Dann läuft er die Treppe nach oben. Als er an uns vorbeikommt, klopft er mir auf die Schulter.

»Ups«, sagt Micha und kichert, nachdem der Chef im Galaxy verschwunden ist.

»Lass mal vorwärts machen«, sag ich, bevor Micha noch irgendwas anderes sagen kann. »Ich bin langsam müde.«

Ich steh auf und lass Micha auf der Treppe sitzen. Im Club fang ich an, die Flaschen und Gläser einzusammeln, die überall rumstehen, auf den Ablageflächen am Rand, bei den Sofas, beim Kicker, beim Boxautomat. Ist eigentlich nicht meine Aufgabe, das zu tun, find ich. Ich bin der Security im Galaxy, nicht der Putzmann. Aber der Chef sagt, wir sind ein kleiner Betrieb und alle müssen alles machen. Meistens hilft er sogar selber mit, da muss ich dann wohl auch.

Micha kommt ebenfalls in den Clubraum und geht hinter die Bar. Er macht da weiter, wo er aufgehört hat, bevor die Sache mit den Muppets passiert ist, und räumt die Gläser aus dem Spülkorb in die Regale. Das Galaxy ist nicht besonders groß. Wenn die Musik, so wie jetzt gerade, in Zimmerlautstärke spielt, kann man sich eigentlich ganz entspannt miteinander unterhalten. Normalerweise reden wir auch immer beim Aufräumen, über die Leute, ihre Outfits, wie besoffen sie waren, wer mit wem rumgemacht hat, dies, das. Aber heute sagen wir kein Wort. Micha räumt die Gläser, die ich ihm auf den Tresen stelle, in den leeren Spülkorb und schaltet die Maschine erneut an. Ich merk, dass er mich immer wieder anschaut. Vielleicht wartet er darauf, dass ich ihm einen Blick zurückgeb, damit er was sagen kann. Aber ich guck ihn nicht an. Ich will nicht über das reden, was gerade passiert ist. Ich wüsst gar nicht, was ich sagen soll. Hab ja noch gar keine Zeit gehabt, das innerlich zu sortieren. War mein erster Kuss überhaupt und ich sag's wie's ist. Ich hab nicht damit gerechnet, dass es mit einem Jungen passiert. Und gleichzeitig hat alles in mir gewusst, dass es mit einem Jungen passiert. Gleichzeitig gibt es diese Stimme in meinem Kopf, die triumphiert und kräht: Siehst du!!! Siehst du!!! Siehst du!!! Ich war fünfzehn, als ich das zum ersten Mal gedacht hab. Weil ich gemerkt hab, dass mich auf den Pornoseiten vor allem die Sachen interessieren, bei denen mindestens zwei Männer dabei sind. Auch wenn sich die Männer in Heteropornos bei Dreiern und Gangbangs eigentlich nie gegenseitig anfassen. Die Frauen fassen sich an, die Männer nicht, ist so. Richtigen Schwulenporno zu gucken, hab ich mir bis jetzt noch nie erlaubt. Ich glaub, weil ich Angst hab, dass es mir gefällt.

Ich denk an Michas grüne Augen und seine festen Lippen, während ich versuch, eine Bierflasche aus dem Kicker zu ziehen, die irgendein Horst hinter die Tormannfigur geschoben hat. In den Lautsprechern singt eine Frau von einem Fahrrad, mit dem sie ans Meer fahren will. Micha guckt schon wieder zu mir, ich merk es ganz genau, und ich weiß nicht, ob es daran liegt oder daran, dass ich die verkeilte Bierflasche nicht aus dem Tischkicker krieg, aber plötzlich kommt die Wut. Wie eine heiße Welle schwappt sie von meinem Bauch in den Kopf und ich merk, dass ich es keine Sekunde länger in diesem Raum aushalt. Ich lauf aus dem Clubraum raus in den Gang und fang an, die Toiletten aufzuräumen. Die Wut ist aber immer noch da und bevor ich richtig weiß, was ich mach, nehm ich ein Cocktailglas, das jemand im Mädchenklo neben dem Spiegel abgestellt hat und werf es an die Wand. Es zerspringt dramatisch in so viele Scherben, dass ich erschrecke. Einen Moment lang bleib ich stehen und guck die hunderttausend kleinen Glasstückchen auf dem Fußboden an. Dann dreh ich mich um, mach den Wasserhahn an und spritz mir kaltes Wasser ins Gesicht. Ich zieh gerade ein Papiertuch aus dem Halter neben dem Waschbecken, als der Chef seinen Kopf durch die Tür steckt. Sein Büro ist direkt neben dem Mädchenklo, ist klar, dass er das gehört hat.

»Alles in Ordnung bei dir, Teddy?«, fragt er.

»Hm«, mach ich und wisch mir mit dem Papiertuch über das Gesicht. »Mir ist nur ein Glas runtergefallen.«

Der Chef dreht seinen Kopf in einer 180-Grad-Bewegung, die Glasscherben liegen fast überall.

»Runtergefallen?«, fragt er und hebt die Augenbrauen.

Ich zuck die Schultern und lauf an ihm vorbei, um den Besen aus der Putzkammer zu holen. Dann geh ich zurück ins Mädchenklo und fang an, die Scherben zusammenzuschieben. Der Chef steht immer noch im Türrahmen und guckt mir zu.

»Ich hab gar nicht gewusst, dass du auf Jungs stehst«, sagt er nach einer Weile.

»Tu ich auch nicht«, sag ich und bück mich, um die Scherben mit dem Handfeger zusammenzukehren.

»Das sah da draußen aber anders aus«, sagt der Chef.

»Er hat mich geküsst, okay? Nicht ich ihn«, sag ich und schieb die Scherben wütend auf die Kehrschaufel. »Ich war überrascht, ich hab einfach mitgemacht.«

»Aha«, macht der Chef. »Und dir hat es nicht auch ein bisschen gefallen?«

»Nein, hat es nicht«, sag ich und steh auf. »Es war unangenehm, ehrlich gesagt.« Der Chef hält mir den Müllsack auf, den ich bereitgelegt hab. Ich lass die Scherben von der Kehrschaufel kippen, es klirrt leise, als sie in den Müllsack rutschen. »Und ich hab keine Ahnung, wie ich mich jetzt verhalten soll«, sag ich. »Verstehste, ich will nicht, dass er sich Hoffnungen macht und so.«

»Hm«, macht der Chef und guckt an mir vorbei auf den Gang. »Da musst du dir, glaube ich, keine Sorgen machen.«

Ich dreh mich um und seh Micha, der bei der Tür zum Clubraum steht. Seinem Gesichtsausdruck nach steht er schon eine Weile lang dort und hat ganz genau gehört, was ich zum Chef gesagt hab. Er zeigt mit dem Finger auf den Handfeger und die Kehrschaufel.

»Bist du fertig damit?«, fragt er mit gepresster Stimme. »Ich bräuchte das auch mal kurz.«

»Äh«, mach ich. »Klar.«

Micha nimmt mir die Sachen aus der Hand, ohne mich dabei anzusehen.

»Was ist eigentlich mit deinem Auge passiert, Micha?«, fragt der Chef.

»Frag Teddy«, sagt Micha, bevor er wieder im Clubraum verschwindet.

»Und?«, fragt der Chef und grinst. »Was ist mit seinem Auge passiert? Hast du ihm erstmal noch eine reingehauen, bevor du mit ihm rumgemacht hast?«

»Halt doch die Fresse«, sag ich.

Ich lass den Chef mit dem Müllbeutel in der Hand vorm Mädchenklo stehen und lauf Richtung Eingang.

»Äh, Teddy« ruft der Chef mir nach. »Wo gehst du hin? Wir sind noch nicht fertig hier.«

Aber ich antwort ihm nicht, ich kann nicht, ich muss hier raus. Ich mach die Eingangstür auf und renn die Treppen nach unten, über den Parkplatz, an der Bushaltestelle vorbei, die Straße entlang. Ich renn, bis ich das Gefühl hab, keine Luft mehr zu bekommen, dann mach ich langsamer und lauf paar Meter, dann renn ich wieder weiter. Kurz vor der Stadtgrenze seh ich Rolli und Klaus. Halten sich aneinander fest und torkeln langsam vor mir die Straße entlang. Kurz überleg ich, ob ich sie in den Straßengraben schubsen soll, dann entscheid ich mich dagegen. Ich lauf über die Fahrbahn und überhol sie auf der anderen Straßenseite, renn an ihnen vorbei und dreh mich auch dann nicht um, als ich sicher bin, dass sie schon längst außer Sichtweite sind.

ZWISCHENSPIEL III

Das erste Mal verliebt sein? Das erste Mal jemanden umarmen? Das erste Mal jemanden küssen? Das erste Mal jemanden mit Zunge küssen? Das erste Mal Hand in Hand spazieren gehen? Das erste Mal jemanden unter den Kleidern berühren? Das erste Mal nackt sein mit jemandem? Das erste Mal jemanden zwischen den Beinen berühren? Das erste Mal zwischen den Beinen berührt werden? Das erste Mal ein schönes Gefühl dabei haben? Das erste Mal kein schönes Gefühl dabei haben? Das erste Mal down gehen bei jemandem? Das erste Mal penetrieren? Das erste Mal penetriert werden? Das erste Mal Sex ohne irgendeine Form von Penetration? Das erste Mal einen Orgasmus haben? Das erste Mal darüber reden, wie es war? Das erste Mal zusammen einschlafen? Das erste Mal am nächsten Tag durch die Stadt laufen und die ganze Zeit grinsen müssen?

Was genau meinst du, wenn du mich fragst, ob ich mein ERSTES MAL schon gehabt habe?

Tini

Rabbit Vibe

Es ist ein normaler Dienstagvormittag. Die anderen sitzen alle in der Schule. Außerdem regnet es. Auf den Straßen sind nur wenig Menschen unterwegs. Die Wahrscheinlichkeit, dass ich jemanden von ihnen kenne, ist sehr gering. Sehr, sehr, sehr gering. Trotzdem stehe ich seit über zehn Minuten auf der anderen Straßenseite und traue mich nicht, in den Laden zu gehen. Ich kriege es einfach nicht hin. Ich tue so, als würde ich etwas Interessantes auf meinem Handy anschauen, aber in Wirklichkeit scrolle ich völlig geistesabwesend durch meinen Instafeed und öffne random irgendwelche Apps, nur um sie gleich wieder zu schließen. Aus den Augenwinkeln beobachte ich den Eingang. Bis jetzt hat noch niemand den Laden betreten. Ich glaube, sobald ich einen Mann in den Laden gehen sehe, ist es vorbei. Das kriege ich dann wirklich nicht hin. In meiner Vorstellung ist die Kundschaft von solchen Läden ausschließlich männlich. Frauen shoppen diese Dinge, wenn überhaupt, dann nur online. Solange ich noch zuhause wohne, kommt das für mich allerdings nicht infrage.

Im Schaufenster des Ladens erscheint eine Gestalt und bastelt kurz an der Schaufensterdekoration herum. Dann verschwindet sie wieder im Inneren des Ladens. Es regnet in Strömen, und die Sicht ist eingeschränkt. Trotzdem bin ich sicher, dass es eine weibliche Gestalt war. In dem Laden arbeitet eine Frau. Die ganze Zeit hab ich gedacht, in so einem Laden verkehren generell nur Männer. Männer, die einkaufen. Männer, die bedienen.

Vielleicht ist das der Anstoß, den ich gebraucht habe, jedenfalls stecke ich das Handy weg und laufe über die Straße.

Beziehungsweise, ich renne. Zum einen, weil es regnet und zum anderen, weil ich es mir sonst wahrscheinlich wieder anders überlege. Ich stürme in den Laden, hinter mir schlägt mit einem lauten Knall die Tür zu, ich habe sie ein bisschen zu heftig aufgestoßen. Die Verkäuferin hinter dem Kassentresen zuckt zusammen und guckt mich an. Ich erschrecke ebenfalls. Vom Gesetz her darf man ab 16 in so einen Laden, ich hab das extra nachgeguckt. Aber manche lassen auch erst ab 18 rein, hab ich gelesen. Beinahe rechne ich damit, dass die Verkäuferin mich wieder wegschickt. Aber dann lächelt sie. Ich weiß nicht, was ich erwartet habe. Aber ganz sicher nicht, dass so eine Frau hier arbeitet. Sie sieht aus wie eine der Frauen, die meine Mutter samstags zu ihren Kaffeekränzchen einlädt. Sie ist definitiv schon über 50, hat eine kastanienbraune Dauerwellen-Kurzhaar-Frisur und trägt ein rosafarbenes Twinset aus Strickwolle.

»Na du«, sagt sie. »Scheußliches Wetter da draußen, was?«

»Äh«, sage ich. »Ja?«

Es kommt mir ein bisschen surreal vor, in der Eingangstür eines Sexshops zu stehen und mit der Verkäuferin über das Wetter zu plaudern.

»Wie kann ich dir helfen?«, fragt sie und zupft an ihrer rosa Strickjacke herum, ohne mich dabei aus den Augen zu lassen. »Suchst du etwas Bestimmtes?«

Ihre Stimme klingt so normal, als würde sie in einem Schreibwarenladen arbeiten. Ich versuche, mich auf ihr Gesicht zu konzentrieren und nicht nach links oder rechts zu blicken. An der Wand hinter der Verkäuferin hängt eine lebensgroße Fotografie einer jungen Frau, die nackt auf einem Traktor sitzt. Das reicht mir, ich muss gar nicht so genau wissen, was sonst noch so in diesem Laden an den Wänden hängt oder im Regal steht.

»Also«, sage ich und laufe durch den Laden, bis ich direkt vor dem Tresen stehe. Es ist zwar außer mir niemand in dem Laden, aber trotzdem. Über solche Dinge kann ich nicht laut reden.

»Ich suche einen Dings«, sage ich leise. »Sie wissen schon. Dildo.«

»Aha«, sagt sie fröhlich. »Einen Dildo. Dann komm mal mit.«

Sie läuft in den hinteren Teil des Ladens und bleibt vor einem Regal stehen, das bis oben hin vollgestopft ist mit Kartons, in denen sich Penisnachbildungen in allen möglichen Formen und Farben befinden.

»Was genau hast du dir denn vorgestellt?«, fragt die Verkäuferin.

»Äh«, antworte ich.

Die meisten Kartons sind vorne mit Plastik ausgekleidet, sodass man die Penisse anschauen kann. Es gibt sie in blau, rot, pink, türkis, aus Silikon, Metall und sogar aus Glas. Manche sind normalgroß, aber es gibt auch solche, die so riesig sind, dass ich mir beim besten Willen nicht vorstellen kann, dass es Frauen gibt, die sich sowas tatsächlich in ihre Vagina stecken. Manche sind glatt, andere haben Noppen und dann gibt es solche, da hat die Eichel die Form eines Männerkopfes. Direkt vor mir steht ein besonders ekliger Penis aus hellrosafarbenem Plastik. Er ist fast genauso lang wie mein Unterarm und am Penisschaft entlang ziehen sich dicke hervorstehende Adern. Sie sehen so echt aus, dass ich für einen Moment tatsächlich glaube, sie würden pulsieren.

»Vielleicht erzählst du mir mal, für was du ihn brauchst«, sagt die Verkäuferin und guckt mich an. »Dann kann ich dir wahrscheinlich am besten helfen.«

Ich erwidere kurz ihren Blick, dann starre ich wieder auf die Penis-Armada in dem Regal vor mir. Was meint sie denn damit?

Was glaubt sie, für was ich so ein Ding brauche? Als Dekorationsobjekt? Zum Suppe umrühren? Ich habe gedacht, wenn man in so einen Laden geht, ist klar, was man dort will. Ich habe nicht damit gerechnet, dass ich auch noch Fragen beantworten muss. Wahrscheinlich ist es besser, wenn ich wieder gehe. Die Dinger in den Plastikkartons sehen sowieso nicht so aus, wie ich mir das vorgestellt habe. Ehrlich gesagt machen sie mir ein bisschen Angst.

»Ich meine«, sagt die Verkäuferin und legt ihre Hand auf meinen Arm, als hätte sie meine Gedanken gelesen. »Willst du den Dildo für dich selbst oder soll er beim Liebesspiel mit deinem Partner oder deiner Partnerin zum Einsatz kommen?«

Liebesspiel? Ernsthaft? Wer sagt denn heutzutage noch Liebesspiel? Aber so peino das Wort auch ist, zu der Verkäuferin passt es irgendwie. Und auf eine seltsame Art und Weise macht es sie sogar vertrauenswürdig. Vielleicht, weil es komplett egal ist, was eine Frau von mir denkt, die Dauerwellenfrisur und rosa Strickjacke trägt und solche Wörter benutzt.

»Nur für mich«, sage ich und zucke die Schultern. »Aber ich glaub, ich hab's mir anders überlegt. Danke trotzdem.«

»Und hast du schon mal irgendeine Art von Sexspielzeug benutzt?«, fragt die Verkäuferin unbeirrt, als hätte sie gar nicht gehört, was ich gerade gesagt habe.

»Äh, nee«, sage ich.

»Hm«, macht die Verkäuferin. Ihre Hand liegt immer noch auf meinem Arm. Sie hält mich nicht fest oder so. Trotzdem traue ich mich nicht, mich von ihr loszumachen.

»Vielleicht ist ein Dildo nicht das Richtige für dich«, sagt sie. »Vielleicht zum Einstieg eher ein Vibrator. Hast du darüber schon mal nachgedacht?«

»Ist das nicht dasselbe«, sage ich.

»Du meint das Gleiche?«, sagt die Verkäuferin.

»Was?«

»Dasselbe ist nicht das Gleiche. Das Gleiche ist gleich, dasselbe ist dasselbe. Und nein, ein Dildo ist nicht dasselbe wie ein Vibrator. Und auch nicht das Gleiche. Aber die Leute bringen in dem Bereich ja vieles durcheinander, da bist du nicht die Einzige.« Sie lächelt freundlich und tätschelt meinen Arm. Dann schiebt sie mich sanft von dem Penis-Regal weg zu einem kleinen Tischchen hinüber, das mit einem Samt-Tuch bedeckt ist und von zwei Scheinwerfern beleuchtet wird.

»Dildos sind die ältesten Sexspielzeuge der Welt«, sagt sie. »Sie sehen in der Regel aus wie ein Penis. Mittlerweile gibt es auch Dildos mit Vibrationsfunktion. Aber sie sind immer dazu gedacht, sie vaginal oder anal einzuführen, während du dich mit einem Vibrator auch nur äußerlich befriedigen kannst.«

Sie nimmt ein Gerät von dem Samt-Tuch, das von der Form her an dieses Ding erinnert, mit dem dir der HNO-Arzt in die Ohren guckt. Sie drückt einen Knopf, dann nimmt sie meine Hand und fährt mit dem Gerät langsam über meine Handinnenfläche. Es vibriert und kitzelt ein bisschen auf der Haut, aber nicht unangenehm.

»Viele Vibratoren haben auch eine Doppelfunktion«, sagt die Verkäuferin. »Du kannst sie einführen und somit die Klitoris gleichzeitig von innen und von außen stimulieren. Wie dieser hier zum Beispiel.«

Sie nimmt ein türkisfarbenes Gerät vom Tisch. Es ist länglich und hat an einem Ende einen seltsam gebogenen Aufsatz. Sie legt den Vibrator in meine Hand und schaltet ihn an. Er vibriert von allen Seiten.

»Es gibt so viele Möglichkeiten«, sagt Verkäuferin. »Druckwellenvibratoren, Auflegevibratoren, Butterfly, Rabbit, Vibrationseier, Fingertoys, Perlenvibratoren, mit Fernsteuerung oder ohne, eingebaute Rotationskugeln und so weiter und so weiter.« Sie drückt an dem türkisfarbenen Ding in meiner Hand herum, woraufhin es rhythmisch anfängt zu zucken. »Und bei den meisten Geräten kannst du außerdem Geschwindigkeitsstufen und Pulsintensität einstellen. Es kommt nur darauf an, was du willst.«

Ich habe keine Ahnung, wie ich das beantworten soll. Ich will einfach endlich mal wissen, wie das ist, Sex zu haben. Alex, Linda und Jenny haben ständig irgendwas am Laufen, nur ich bin immer noch Jungfrau. Auf jeder Party stehe ich am Ende alleine da. Ich weiß, woran das liegt. Ich bin die Hässlichste von uns vier. Das war schon immer so. Wir haben den gleichen Style, und die Leute sagen, wir sehen uns ähnlich. Sie nennen uns *Die vier Grazien.* Aber das stimmt nicht. Ich bin keine Grazie. Ich muss Kleider manchmal sogar in 42 kaufen. Die anderen tragen 34 oder höchstens 36. Wenn ich Fotos von uns sehe, schäme ich mich. Ich wäre gerne dünner, aber ich esse viel zu gerne. Essen ist das Beste. Ich liebe Essen. Ich weiß nicht, wie die anderen das machen. Sie ernähren sich zu 90 Prozent von Gemüse. Sie würden niemals auf die Idee kommen, sich nachts, wenn sie von einer Party nach Hause kommen, einen großen Topf Spaghetti aglio e olio zu kochen, mit Parmesan und viel schwarzem Pfeffer. Sie essen überhaupt keine Nudeln. Und Brot essen sie auch nicht. Keine Pizza. Keine Pommes. Kein Baklava. Und wenn Schokolade, dann höchstens schwarze mit mindestens 80 % Kakaogehalt. Dafür sind sie dünn wie Models. Sie können alles anziehen, sie sehen immer toll darin aus. Und sie können jeden Jungen haben, wirklich jeden. Alex hat an der letzten Weihnachtsgala sogar mit Fabian geschlafen. Er wollte sie danach unbedingt wiedersehen, aber sie hat gemerkt, dass sie doch nicht auf ihn steht. Fast alle Mädchen an der Schule sind in Fabian verknallt. Ihm einen Korb zu geben, muss man sich erstmal trauen. Aber so sind Alex und die anderen. Sie nehmen sich einfach, was sie wollen, ohne Rücksicht.

Ich glaube nicht, dass ich jemals so sein werde. Das ist wahrscheinlich eine Charaktersache. Aber wie Sex sich anfühlt, das will ich endlich mal wissen. Und wenn es mit einem echten Jungen nicht klappt, dann muss ich es eben faken. Deswegen habe ich entschieden, heute die Schule zu schwänzen und in diesen Laden zu fahren. In meiner Tasche steckt das Taschengeld der letzten Monate plus das Weihnachtsgeld von meinen Großeltern. So wie ich das sehe, wird so ein Vibrator-Ding mich meine gesamten Ersparnisse kosten. Die Preise auf den Schildchen neben den Produkten gehen hoch bis zu zweihundert Euro. Richtig peino sind auch die Namen. Womanizer klingt ja noch einigermaßen okay. Aber Smilemaker? Greedy Girl? Mister Sweetspot? Wer denkt sich denn sowas aus?

»Gibt's nicht sowas wie einen Klassiker?«, frage ich die Verkäuferin. »Einen der immer funktioniert? Also mit dem es bei jeder klappt?«

Die Verkäuferin guckt mich an und lächelt. »Du meinst einen mit Orgasmusgarantie?«

»Ja«, sage ich und spüre, dass ich wieder rot werde.

Sie schüttelt den Kopf. »Um zum Orgasmus zu kommen, müssen viele Dinge stimmen. Es reicht nicht, sich einfach einen Vibrator an die Klitoris zu halten.«

»Schon klar«, sage ich, obwohl ich keine Ahnung habe, wovon sie redet. Ich meine hä, darum geht's doch in Shops wie diesen? Dass man sich Sachen kaufen kann, um guten Sex zu haben. Genauso wie man in den Baumarkt fährt, wenn man Werkzeuge braucht, um, keine Ahnung, kompetent ein Loch in die Wand zu bohren oder so. Ein Loch bohren. Haha. Wenn die anderen dabei wären und ich das laut gesagt hätte, würden sie sich jetzt kaputtlachen. Sie finden es immer lustig, wenn ich solche Sachen nicht checke.

«Die meisten Leute denken beim Sex viel zu viel nach», höre ich die Verkäuferin sagen, »Wie sie wirken, was von ihnen erwartet wird, wie sie aussehen und so weiter.«

Ja, denke ich, das ist ja auch irgendwie logisch. Wie soll man denn auch nicht darüber nachdenken. Man ist dabei ja nackt. Mir wird es schon komisch, wenn ich mir nur vorstelle, wie ich mich vor einem Jungen ausziehe und er alles sehen kann, den Schwabbel am Bauch und an den Oberschenkeln, alles, einfach so, ohne Kleider drüber.

»Dabei ist es das Wichtigste, dass wir loslassen«, sagt die Verkäuferin und nimmt mir den türkisfarbenen Vibrator weg, der noch immer in meiner Hand pulsiert. »Ich bin 49 Jahre alt, Mädchen. Und weißt du, wann ich meinen ersten Orgasmus gehabt habe? Vor drei Jahren.«

Sie guckt mich an, als hätte sie gerade die absolute Bombe platzen lassen.

»Und weißt du, wieso?«, fragt sie. »Weil ich mich von meinem Mann getrennt habe und endlich angefangen habe, mein eigenes Leben zu leben.«

»Okay«, sage ich. »Cool.«

Ich weiß gar nicht, wohin ich gucken soll, die Situation ist mir unangenehm. Aber die Verkäuferin scheint es nicht zu merken.

»Du kannst keinen Orgasmus haben, wenn du darüber nachdenkst, was andere denken«, fährt sie fort. »Du musst dich selbst spüren, sonst geht es nicht. Ich war zwanzig Jahre lang verheiratet und habe überhaupt nicht gewusst, was ich will. Dafür habe ich immer gewusst, was mein Mann will. Irgendwann habe ich rausgefunden, dass seine Sekretärin es auch weiß. Wenn du verstehst, was ich meine. Da habe ich beschlossen, dass es Zeit wird, mich um mich selbst zu kümmern.«

Sie legt den türkisfarbenen Vibrator zurück auf den Tisch und grinst mich an. Ich lächle und nicke. Wie ich das fast immer tue, wenn etwas so peino ist, wie dieses Gespräch. Mein Gesicht macht das automatisch: lächeln und nicken und hoffen, dass es bald vorbei ist.

»Wenn es einen Klassiker gibt, dann die Rabbit-Form«, sagt die Verkäuferin und zeigt auf einen pinken, länglich geformten Vibrator. Er hat am Schaft einen kleineren Aufsatz, der sich in zwei Enden teilt, wie zwei kleine Gummifinger. Oder zwei Hasenohren. Tatsächlich heißt der Vibrator auch *Rabbit Vibe.* »Ich persönlich habe auch mit dem angefangen.« Sie nimmt den Vibrator vom Tisch und legt ihn mir in die Hand. »Aber ohne dich ist das nur ein Gerät aus Silikon. Das Wichtigste bist du selbst, Mädchen. Versuch rauszufinden, was dir gefällt. Es geht nur um dich.«

»Okay«, sage ich. »Danke. Dann nehm ich den.«

Wahrscheinlich hätte ich ihr zu diesem Zeitpunkt des Gesprächs sogar den unterarmgroßen Plastikdildo abgekauft, nur um endlich aus diesem Laden zu kommen.

»Eine gute Wahl.«

Die Verkäuferin lächelt und holt ein verpacktes Verkaufsexemplar des Vibrators aus dem Regal. Dann läuft sie mir voraus zur Kasse.

»In deinem Alter hätte ich mich nie in so einen Laden getraut«, sagt sie, während sie den Preis in die Kasse eintippt. »Du bist bestimmt viel mutiger, als ich es jemals war. Sagst den Leuten deine Meinung, weißt was du willst. Du brauchst wahrscheinlich gar keine Tipps von so einer alten Schachtel wie mir.«

Mir fällt nicht ein, was ich dazu sagen soll, also zucke ich die Schultern und lächle einfach weiter.

»Doch, doch«, sagt die Verkäuferin. »Ich glaube, das ist so.« Sie gibt mir das Wechselgeld heraus und schiebt den Vibrator in eine schlichte, weiße Plastiktüte, auf der zum Glück nicht der Name des Shops abgedruckt ist. »Und ich glaube auch, dass du damit viel Spaß haben wirst.«

»Danke«, sage ich.

Ich nehme die weiße Plastiktüte und nicke der Verkäuferin zum Abschied zu. Als die Ladentür hinter mir zufällt, atme ich einmal tief durch. Ich habe es geschafft. Ich habe es tatsächlich geschafft. Während ich die Straße überquere und zur Bushaltestelle laufe, grinse ich in mich hinein und bin so erleichtert, dass ich fast anfange, zu hüpfen. Es regnet noch heftiger als vorher, aber es stört mich überhaupt nicht. Der Bus kommt fast im selben Moment, als ich die Haltestelle erreiche. Ich steige ein und sehe noch einmal hinüber zu dem Sexshop. Die Verkäuferin steht im Schaufenster und winkt mir. Neben ihr steht eine lebensgroße Plastikpuppe in Strapsunterwäsche. Ich winke der Verkäuferin zurück. Dann biegt der Bus um die Ecke, und sie verschwindet aus meinem Sichtfeld.

Ich lehne mich im Sitz zurück und hole mein Handy aus der Tasche. Es ist mittlerweile fast eins, die anderen haben jetzt Mittagspause. Auf dem Display sehe ich, dass Alex mir eine Nachricht geschrieben hat:

Hey Tini, hoffe du bist nicht ernsthaft krank?! Wir haben überlegt, heute Abend in die Stadt zu fahren, schick essen und dann ins Kino. Bist du dabei? Kisses, A.

Ich verziehe das Gesicht. Darauf habe ich nun wirklich gar keine Lust. Schick essen gehen heißt bei Alex und den anderen: gemischter Salat beim Italiener. Oder wir gehen in diesen Laden in der Innenstadt, wo man sich selbst ein Bowl zusammenstellen kann. Eine Bowl ist einfach eine Schüssel, aber Bowl klingt halt nach was. Ich glaube nicht, dass Leute zwölf Euro für eine Schüssel voll Gemüse bezahlen würden. Weil mehr ist es schlussendlich nicht. Allerhöchstens nehmen die anderen noch ein bisschen Quinoa dazu und ein paar Nüsse. Dann sitzen sie eine halbe Stunde davor und knabbern mit kleinen Bissen und hinterher halten sie sich den Bauch und sagen, wie voll sie sind. Ich hasse Quinoa und satt werde ich von dem bisschen Gemüse auch nicht. Ich würde lieber Falafel essen. Oder Pommes. Aber das kommt für die anderen natürlich nicht infrage.

Ich stecke das Handy weg, ohne Alex zu antworten. Zur Not kann ich dann immer noch so tun, als wäre ich tatsächlich krank.

Als ich zu Hause ankomme, hänge ich meine Jacke auf und ziehe die Schuhe aus. Dann rufe ich zur Sicherheit ein Hallo in den Flur, aber wie erwartet kommt keine Antwort. Meine Eltern sind noch auf der Arbeit.

Ich gehe in mein Zimmer und lasse die Rollläden runter. Dann lege mich auf mein Bett, ziehe Jeans und Unterhose runter bis zu den Knöcheln und hole den Vibrator aus der Verpackung. Ich schalte ihn an, aber nichts passiert. Eine Weile drücke ich auf den Knöpfen herum, irgendwann komme ich auf die Idee, den Beipackzettel zu lesen und erfahre, dass das Gerät vor dem ersten Gebrauch mindestens vier Stunden laden muss. Genervt lege ich es weg und werfe mich zurück auf mein Kissen. In vier Stunden sind meine Eltern wieder zu Hause, ich glaube nicht, dass ich mich traue, den Vibrator zu benutzen, während sie in der Küche das Abendessen vorbereiten und sich über ihren Tag unterhalten.

Ich gucke an mir herunter, wie ich da so liege, auf meinem Bett, mit runtergelassenen Hosen und Unterhosen. Meine Hüfte und meine Beine sehen ganz schön fett aus in dieser Perspektive. Der Schwabbel von meinem Po schiebt sich an den Seiten raus und macht alles extrabreit. Ich komme mir ein bisschen blöd vor und lache leise über mich selbst. Aber weil ich gerade so daliege und nichts anderes zu tun habe, lege ich meine Finger auf meine Vulva und fange an, sie zu streicheln. Ich schiebe die Haut zusammen und wieder zurück, fahre in der Mitte runter und wieder rauf. Es fühlt sich klebrig an. Die Haut ist anders als an anderen Stellen des Körpers. Und auch viel empfindlicher. Es ist seltsam, aber auch interessant. Ich habe mich dort noch nie wirklich angefasst. Eigentlich kenne ich diesen Teil meines Körpers gar nicht. Ich mache die Augen zu und denke daran, was die Frau von dem Sexshop gesagt hat. *Es geht nur um dich.* Irgendwie ist das ein guter Gedanke. Hier bin ich. Nur ich. Meine Finger fangen an, die Stelle ganz oben zu reiben, wo unter der Haut ein kleiner Knubbel zu spüren ist. Diese Stelle fühlt sich am besten an. Ich mache kleine Kreise mit dem Zeigefinger, erst ganz leicht, dann ein bisschen fester. Fester gefällt mir besser. Niemand weiß, dass ich hier bin. Niemand weiß, was ich hier mache. Niemand guckt mir zu. Ich spanne meine Muskeln an und schiebe das Becken nach vorne zu meinen Fingern, es sieht bestimmt bescheuert aus, aber es fühlt sich schön an. Ich bin alleine. Ich kann machen, was ich will. Meine Finger reiben immer fester. Es ist eigentlich gar kein Reiben mehr, was sie machen, sondern eher ein Schrubben. Sagt man das nicht auch so? Sich einen schrubben? Na und, dann schrubbe ich mir eben einen. Sieht vielleicht scheiße aus. Fühlt sich aber gut an. Und niemand guckt mir dabei zu, nicht mal ich selbst. Also halt mal die Klappe, Tini, halt einfach die Klappe in deinem Kopf und schrubb dir einen. Und irgendwann höre ich wirklich auf zu denken. Es gefällt mir, was meine Finger machen. Es gefällt mir so, wie mir noch nie irgendwas gefallen hat. Es macht mir auch Angst. Ich weiß nicht, was passiert, wenn ich weitermache. Aber ich kann nicht aufhören. Ich bin schon über den Punkt hinaus, an dem ich hätte aufhören können. Meine Finger bewegen sich ganz automatisch. Ich bin auf einer Welle, die mich rausträgt, aufs Meer, ins Weltall, in den Kaninchenbau, was weiß ich wohin, irgendwohin eben. Es fühlt sich wirklich an wie eine Welle, ich bin auf einer Welle, ich weiß nicht, warum immer alle immer sagen, es ist eine Explosion, es ist gar keine Explosion, es ist eine Welle, eine weiche, warme, große Welle, die sich ausbreitetet, in mir, über mir, mit mir, ist doch auch scheißegal, ist einfach schön, so schön, so schön, so fucking fucking schön.

Und dann liege ich auf meinem Bett und lege die Hände auf mein Gesicht. Ich habe geschwitzt, meine Stirn ist nass, und mein Körper ist ganz weich. Als hätte ihn jemand in die Mikrowelle gelegt und kurz ultrahocherhitzt. Es gibt keine Stelle an meinem Körper, die nicht entspannt ist. Ich glaube, sogar meine Haarspitzen sind entspannt. Ich fühle, wie mein Gesicht unter meinen Händen anfängt zu grinsen. So ein Schwachsinn, denke ich. Als könnten Haare sich entspannen. Ich drehe mich zur Seite und fische mein Handy aus meiner Tasche, die ich auf den Boden neben das Bett geschmissen habe. Ich öffne den Chat mit Alex und schreibe:

Kein Bock auf Kaninchenfutter heute
Kino bin ich dabei, aber nur mit Popcorn!

Dann ziehe ich mich an. Den Rabbit-Vibrator stecke ich mit dem USB-Kabel in die Steckdose. Für später, wer weiß. Dann gehe ich in die Küche, koche mir Spaghetti, und die ganze Zeit über summe ich vor mich hin.

ZWISCHENSPIEL IV

Sex-ABC

A wie … anfangen (einfach mal anfangen und dann gucken)
B wie … Bett (meistens ein guter Ort zum anfangen)
C wie … Chlamydien (willst du nicht, denkst du auch besser jetzt nicht dran)
D wie … Doktorspiele (what happened in der Schlafecke im Kindergarten stays in the Schlafecke)
E wie … Erektion (gibt's auch bei Frauen)
F wie … fingern (ist eine Fähigkeit, kann man üben)
G wie … geil (altmodisches Wort für horny)
H wie … horny (siehe oben)
I wie … insecure (sind eigentlich alle)
J wie … Junge, mach langsam!
K wie … kommen (wohin eigentlich?)
L wie … lecken (kann man sich leider nicht selbst)
M wie … masturbieren (geht zum Glück)
N wie … Nudes schicken (aber vorher denken)
O wie … Oben ohne (im Schwimmbad zum Beispiel nicht für alle möglich)
P wie … Penis (reimt sich fast auf Tennis)
Q wie … queer people (meistens die liebsten Leute im Raum)
R wie … rot (die Farbe der Liebe, wegen Blut und Feuer)
S wie … Schamlippen (besser: Vulvalippen, weil: warum Scham? Schämen für was?)
T wie … Titte (reimt sich auf Mitte und Quitte und bitte)
U wie … untenrum (kannst du sagen, wenn dir die anderen Wörter zu peinlich sind)
V wie … Vulva (Dinge, die aussehen wie eine Vulva: aufgeschnittene Papaya; manche Muscheln; die Öffnung von einem Papiertuchspender; wenn du die Haut auf deinem Arm mit den Fingern zusammenschiebst)
W wie … Wie??? (musst du rausfinden)
X wie … XY oder XX oder X oder YXX (alles möglich)
Y wie … Yoni (Wort aus dem Altindischen für die weiblichen Genitalien, also für Vulva UND Vagina (was, falls das noch unklar ist, unterschiedliche Dinge sind: Vulva außen, Vagina innen. Yoni für alles zusammen. Yay, Yonipower.))
Z wie … Zauberwort: nur JA heißt JA (und alles andere heißt: NEIN. NO. NON. NÃO. NIET. NEE. NJET. NE. NA. NU. NEJ. NEI. NOPE.)

Jenny
Casual Dating

Montag

Dear Momo,
ich bin so verliebt in dich. Jeden Tag ein bisschen mehr. Ich weiß nicht, wie das geht, aber so ist es. Irgendwann platzt mein Herz, weil es zu voll ist. Wirklich. So fühlt es sich an. Eines Tages werde ich dich sehen, und mein Herz wird aus meinem Brustkorb herausplatzen wie ein übervoller Wasserballon. Es wird eine Riesensauerei geben, Blut auf dem Boden und an den Wänden. Aber wenigstens ist es dann vielleicht endlich vorbei. Ich weiß nicht, wie lange ich das noch aushalte. Es ist so anstrengend. Vor allem das Denken. Ich denke und denke und denke immer an dich. Du bist der erste Gedanke, wenn ich aufwache und der letzte, wenn ich mich abends wieder ins Bett lege. Du bist in meinem Kopf, wenn ich in der Schule sitze, wenn ich eine Mathearbeit schreibe oder wenn ich mit den anderen über den Pausenhof laufe. Es ist nicht immer ein konkreter Gedanke, es ist meistens eher wie etwas, das mich überall hinbegleitet, ein Brummton, der niemals aufhört oder wie ein Schleier, der mir vor den Augen hängt und jede Situation in einer bestimmten Art und Weise vernebelt. Es geht nicht weg. Du gehst nicht weg. Du bist immer da.

Und das Schlimmste daran ist, dass du es nicht mal weißt. Manchmal frage ich mich, wie das sein kann. Wie kannst du aufstehen und frühstücken und zur Arbeit gehen und all die Dinge tun, die du eben tust, und keine Ahnung davon haben, dass du meinen Kopf und mein Herz besetzt wie ein ungebetener Gast, jeden Tag und immer und so penetrant, dass ich das Gefühl habe, irgendwann daran kaputtzugehen? Wie kann das sein, dass du nichts, nichts, nichts davon merkst?

Aber so ist es. Du lebst dein Leben und hast keine Ahnung, dass ich ständig an dich denke. Und ich bin sicher nicht so dumm und erzähle es dir. Manchmal schreibe ich dir Briefe wie diesen hier. Aber ich schicke sie niemals ab. Wenn du wüsstest, wie ich fühle, würdest du dich nicht mehr mit mir treffen, das weiß ich. Du hast mir von Anfang an gesagt, dass du nichts Ernstes willst. *Verlieb dich bloß nicht in mich,* hast du gesagt, gleich an unserem ersten Abend. Ich habe gelacht und gleichzeitig schon damals gewusst, dass genau das passieren würde. Manchmal denke ich darüber nach, warum du das gesagt hast, und was passiert wäre, wenn du es nicht gesagt hättest. Mit diesem einen Satz hast du das Gleichgewicht zwischen uns verschoben. Du hast mich klein gemacht und dich groß. Und dabei ist es geblieben. Manchmal ärgere ich mich darüber. Aber ich kann nichts machen. Ich bin so verliebt in dich. So, so verliebt. Ich glaube, es gibt auf der ganzen Welt gerade keinen Menschen, der verliebter ist als ich. Es ist Montag, und ich werde dich erst am Freitag wiedersehen. Ich weiß nicht, wie ich diese Woche überstehen soll.
Deine Jenny

Dienstag

Hey Momo,
heute habe ich mindestens drei Sachen erlebt, die ich gerne mit dir geteilt hätte.

Erstens hat Alex in der großen Pause plötzlich über Japan geredet. Sie weiß nicht, dass deine Mutter aus Japan kommt, sonst hätte sie sicher nicht davon angefangen. Meine Freundinnen vermeiden seit ein paar Wochen jedes Thema, das mich an dich erinnern könnte. Sie meinen es gut, sie denken, das erspart mir ein bisschen Schmerz. Aber es verändert nichts, ich denke sowieso permanent an dich.

Zweitens war ich am Nachmittag im Jugendhaus und habe auf der Toilette einen Sticker von deiner Band gesehen. Der Sticker war neu dort, er wäre mir sonst ganz bestimmt schon aufgefallen, das weiß ich. Ich habe ihn fotografiert und fast hätte ich dir das Foto geschickt. Ich saß eine halbe Stunde auf dem Klo und habe darüber nachgedacht, was ich dazu schreiben könnte. Aber mir ist nichts Schlaues eingefallen. Die Sticker von deiner Band kleben überall in der Stadt, es ist nichts Besonderes.

Und drittens lief später im Supermarkt der Song, den wir gehört haben, als du mich zum ersten Mal mit deinem Bus abgeholt hast. Und den ich seitdem täglich mindestens zwanzig Mal höre, weil der Text sowas von exakt in Worte fasst, wie ich mich fühle mit dir. Und wie ich mir wünsche, du würdest dich so auch mit mir fühlen. Ich weiß natürlich mittlerweile, dass der Song von den White Stripes ist, dass du den Gitarristen über alles bewunderst und wahrscheinlich jedes einzelne seiner Riffs nachspielen kannst. Ich mag die Musik nicht besonders, ich mag ehrlich gesagt nicht mal die Musik deiner Band.

Aber dieser eine Song *Fell in love with a girl* hat mich getroffen – wie glaube ich noch nie ein Song.

I fell in love once and almost completely.

Ich werde den Song nie wieder hören können, ohne an dich zu denken, das weiß ich schon jetzt.

She turns and says: «Are you alright?"

I said: I must be fine 'cause my heart's still beating.

Ich habe solche Momente jeden Tag, aber ich schreibe dir nie. Manchmal stelle ich mir vor, dass es dir genauso geht. Aber ich weiß, dass es nicht so ist. Du denkst nur an mich, wenn wir uns sehen. Oder? So ist es doch?

I said: I must be fine 'cause my heart's still beating.
Jenny

Mittwoch

Oooooh Momo,
noch zwei Mal schlafen, bis wir uns sehen. Das ist die Zeiteinheit, in der ich momentan mein Leben messe. Es gibt die Tage vor dir und die Tage nach dir. Wenn wir uns gerade erst gesehen haben, wache ich morgens auf und denke: Gestern habe ich Momo gesehen. Und ich spiele alles noch einmal durch. Was du gesagt hast, was ich gesagt habe, wie du riechst, wie du mich angefasst hast, wie wir uns geküsst haben. Aber es hält nicht lange. Spätestens nach zwei Tagen fängt die Sehnsucht an. Ich würde dich gerne öfter sehen, am liebsten jeden Tag oder zumindest jeden zweiten. Aber du hast höchstens einmal in der Woche Zeit für mich. Manchmal sagst du eine Verabredung auch kurzfristig ab, und dann kann es sein, dass wir uns zwei oder sogar drei Wochen nicht sehen. Wenn das passiert, bin ich kaum noch zu gebrauchen. Alex, Linda und Tini sagen, ich soll endlich aufhören, mich mit dir zu treffen. Es führt nirgendwo hin, sagen sie. Du bist ein Player, sagen sie. Du tust mir nur weh. Ich weiß, dass sie recht haben. Aber ich kann nicht aufhören. Es ist schlimm, darauf zu warten, dass wir uns sehen. Aber ein Abend mit dir ist es wert, drei Wochen lang zu leiden. Ich weiß, wie krank das ist. Ich wünschte, ich wäre stark genug, um dir zu sagen, dass ich keine Lust mehr habe. Wie ist es pas-

siert, dass ich mich so dermaßen in dich verknallt habe? Wie hast du das gemacht?

Das erste Mal bist du mir letztes Jahr am Stadtfest aufgefallen. Du hast mit deiner Band auf der Hauptbühne gespielt und OMG, es war so unfassbar sexy, wie du dort standest, mit deiner Gitarre, dem Tanktop, den wuscheligen roten Haaren. Ich war so beeindruckt von dir, ich glaube, wenn wir an diesem Abend ins Gespräch gekommen wären, hätte ich kein einziges Wort herausgebracht. Später habe ich gesehen, wie du ein anderes Mädchen geküsst hast, und ich war neidisch auf dieses Mädchen. Aber nicht eifersüchtig. Eifersüchtig ist man auf Menschen, die Dinge erreichen, die man theoretisch auch selbst erreichen könnte. Und du warst an diesem Abend für mich fast so weit weg wie ein Hollywood-Superstar. Es war völlig ausgeschlossen, dass du auf mich aufmerksam werden würdest. Du warst eine 10 von 10. Ich war höchstens eine 3. Und außerdem mindestens vier Jahre jünger als du.

Wahrscheinlich wäre es am besten gewesen, wenn es dabei geblieben wäre. Wenn ich dich einfach weiterhin nur aus der Ferne bewundert hätte und wir uns nie kennengelernt hätten. Aber dann, ein dreiviertel Jahr später, hast du mit deiner Band im Jugendhaus gespielt. Ich stand in der ersten Reihe, und ich habe nur dich angeguckt. Du hast zurückgeguckt, und nach dem Konzert hast du mich angesprochen. Wir sind auf die Dachterrasse, haben ein Bier getrunken und uns geküsst. *Verlieb dich bloß nicht in mich*, hast du gesagt und ich habe gelacht.

Manchmal hasse ich dich auch.
Love, Jenny

Donnerstag

Verdammt Momo,
heute Nacht habe ich von dir geträumt. Es war ein Sextraum. Ich habe noch nie einen Sextraum gehabt. Ich bin aufgewacht und habe mich so glücklich gefühlt. In dem Traum lagen wir bei dir zu Hause auf dem Bett, und du hattest die rote Unterhose mit dem Snoopy an. Ich kenne keine Person, die in Kinderunterwäsche so heiß aussieht wie du. Gut, ich habe auch nicht viele Vergleichswerte. Du bist bis jetzt die einzige Person, mit der ich geschlafen habe. Der Traum hat sich so echt angefühlt. Es war beinahe so schön wie es ist, wenn wir es in echt tun. Nein, eigentlich war es sogar schöner. Weil du im Traum neben mir liegengeblieben bist, anstatt direkt nach dem Sex wieder aufzustehen und in der Wohnung herumzulaufen, wie du das sonst immer tust. Du bist der hibbeligste Mensch, der mir je begegnet ist. Ständig musst du irgendwas machen. Nur wenn du Gitarre spielst, bist du anders. Dann passiert irgendwas mit dir. Manchmal setzt du dich in den Sessel in deinem Zimmer und spielst mir vor. Dein Gesicht ist dann viel weicher als sonst. In solchen Momenten bilde ich mir ein, dass du vielleicht auch mehr für mich fühlst. Ich weiß, dass es nicht so ist. Aber wenn man so verliebt ist wie ich, hört man wahrscheinlich nie auf zu hoffen, dass sich die Dinge noch verändern. Hoffnung ist ein Arschloch. Hoffnung macht, dass du dich jede Woche mit einer Person triffst, die dir ins Gesicht sagt, dass sie nicht in dich verliebt ist, dass sie nur eine gute Zeit und ein bisschen Sex mit dir will, die alle Karten auf den Tisch legt und dir nichts vormacht – und du es trotzdem nicht glaubst. Hoffnung macht, dass du dich an jeden Strohhalm klammerst. Dass du wider jede Vernunft daran glaubst, es könnte noch alles anders werden. Solange ich Hoffnung habe, schaffe ich es nicht, das zwischen uns zu beenden.

Solange ich Hoffnung habe, tue ich so, als wäre ich damit einverstanden, dass wir nur casual daten, wie du das nennst. Solange ich Hoffnung habe, verstecke ich meine Gefühle und warte. Ich werde es auch morgen tun, wenn wir uns wiedersehen. Ich werde mit dir lachen und reden, wir werden miteinander schlafen, und ich werde so tun, als wäre alles ganz leicht und einfach.

Ich küsse deine Augen, Momo. Und alles andere auch.
Morgen! Morgen! Morgen!
Jenny

Freitag

Ach Momo,
ich bin wachgeworden, als deine Sprachnachricht eingegangen ist. Du hast mir noch nie zuvor eine Sprachnachricht geschickt. Wir haben uns immer nur mit Textnachrichten verständigt, die eher Informationsaustausch als Nachrichten waren. *Kommst du heute zu mir? Um acht? Perfekt.* und so in der Richtung.

Mit dem Handy in der Hand lag ich im Bett und habe auf das Display gestarrt. Wahrscheinlich achtest du überhaupt nicht darauf, aber ich erlaube mir nie, deine Nachrichten sofort zu öffnen, damit du nicht denkst, ich sei needy. Obwohl ich natürlich genau das bin. Nach vier Minuten habe ich es nicht länger ausgehalten. Mit deiner Stimme, die sogar morgens um acht so fröhlich und aufgekratzt klingt, als wärst du auf der Party deines Lebens, hast du mir verkündet, dass du heute Nacht spontan entschieden hast, mal abzuhauen. Weil Sommer ist, hast du gesagt. Weil da heute Nacht plötzlich so ein Fernweh in deiner Brust war und weil man unglücklich wird, wenn man sowas ignoriert, hast du gesagt. Wohin du fährst und wie lange, hast du nicht gesagt. Wahrscheinlich, wie ich dich kenne, weißt du das auch selbst noch nicht. Aber ich kann mir genau vorstellen, wie du heute morgen wahllos irgendwelche Sachen in einen Rucksack gestopft hast und einfach losgefahren bist. Und dabei nicht eine Sekunde lang an mich gedacht hast. Beziehungsweise, irgendwann muss dir eingefallen sein, dass wir verabredet waren. Das immerhin. Hättest du mir auch eine Nachricht geschickt, wenn du mir nicht hättest absagen müssen? Wahrscheinlich nicht. Wir haben, so sehr ich mir das auch gewünscht habe, nicht die Art von Beziehung, in der wir uns gegenseitig von unseren Plänen erzählen. Das liegt in der Natur der Sache, wenn man casual datet. Und mehr war das zwischen uns ja nie. Casual dating. Den Ausdruck habe ich von dir gelernt. Ich weiß immer noch nicht genau, was es bedeutet. Noch im Bett liegend habe ich an den Anfang unseres Chats gescrollt und gezählt, dass wir uns seit 3 Monaten kennen, uns 5 x getroffen haben (1 x Kino, 4 x bei dir zuhause), mindestens 8 x Sex hatten (weil pro Nacht mindestens 2 x) und insgesamt nur 21 Nachrichten geschrieben haben in der ganzen Zeit (plus 1 Sprachnachricht heute morgen).

Und wahrscheinlich ist das ein perfektes Rechenbeispiel für casual dating. Ganz sicher bedeutet es jedenfalls nicht, dass man sich Hals über Kopf verliebt, so wie ich das gemacht habe. *Ich hoffe, wir sind cool*, hast du am Ende deiner Sprachnachricht gesagt. Und dann noch: *Take care.*

Und ich habe gedacht: Nein, the fuck, ich bin nicht cool. Ich denke bei casual an weiche Kuschelpullover, ich bin 17 Jahre alt und ich weiß schon jetzt, dass ich dich in meinem ganzen Leben nicht vergessen werde. Du bist die schönste Frau, die mir je begegnet ist. Die Erste, mit der ich geschlafen habe. 3 Monate, 5 Treffen, 21 Nachrichten, 100 000 Gedanken und 0 Ahnung, wie ich das hinter mir lassen soll. Am liebsten hätte ich dir das genauso gesagt. Aber das habe ich natürlich nicht gemacht.

Du hast keine Ahnung von diesem riesigen Eisberg an Gefühlen unter meiner Wasseroberfläche. Es hat keinen Sinn, dir jetzt noch davon zu erzählen. Also habe ich mir mit meinem Schlafanzugärmel die Tränen vom Gesicht gewischt und geschrieben: *Wie aufregend! Wünsch dir eine gute Reise!*

Ich habe die Nachricht abgeschickt und das Handy zur Seite gelegt. Draußen hinter der Fensterscheibe fing der Tag an. Ich guckte in den blauen Himmel und dachte, dass es vielleicht gar nicht stimmt, was meine Freundinnen sagen. Vielleicht bist nicht du der Player, sondern ich bin es. Aber was genau ich mit diesem Gedanken anfangen sollte, wusste ich dann auch nicht.

Take auch du care, Momo.
Bis irgendwann vielleicht.
Deine Jenny

ZWISCHENSPIEL V

Meinen ersten Orgasmus hatte ich mit 18.
Ich weiß noch, dass ich dachte: Ach so, deswegen.

Lou

Per Anhalter durch die Galaxis

8:25 Uhr
Ich stehe schon seit mindestens zwei Stunden an der Autobahn. Es ist Samstagmorgen, und ich fahre in die Ferien. Mal raus hier. Auszeit. Rauszeit. Monatelang geplante Gönnung. Mam hätte es mir verboten, auf 100 hätte sie es mir verboten. Es war noch dunkel, als ich heute morgen meinen schon vor Tagen heimlich gepackten Rucksack aus dem Schrank geholt habe und aus der Wohnung geschlichen bin. Mam werde ich erst anrufen, wenn ich ankomme. Sie wird sich sowieso Sorgen machen. Je später sie damit anfängt, desto besser.

Natürlich wäre ich lieber mit dem Zug gefahren, keine Frage. Eine gepflegte Deutsche-Bahn-Reise, ein paar Verspätungen und Anschlusszug-Verpassungen miteingerechnet, aber im weitesten Sinn einfach ein Einsteigen-und-Ankommen. Keine Morgens-um-halb-neun-an-der-Autobahnauffahrt-stehen-und-null-Plan-haben-wie-lange-noch-Ungewissheit. Aber ich habe fast ein Jahr lang für diese Reise gespart. Ich will mein Geld für Streetfood und in Secondhandshops ausgeben und nicht für ein Zugticket. Da stehe ich lieber an der Autobahnauffahrt und halte meinen Daumen hoch, auch wenn es noch Stunden dauert, irgendwann gibt es eine Erbarmung, das weiß ich, irgendwann hält jemand an, das ist Statistik, ich muss nur lange genug aushalten.

Bis jetzt an mir vorbeigefahren:
– 26 Autos
– 4 LKWs

– 2 Reisebusse
– 1 Motorradgang (8 Männer mit breiten Schenkeln und langen Bärten, 3 winkten mir zu und 1 hielt den Daumen hoch)

In den meisten Autos stapelte sich das Gepäck bis unter das Dach, Kinder auf dem Rücksitz, vollgepackte Familienkutschen, unterwegs Richtung Süden, an die Nord- oder Ostsee oder wohin auch immer, weil Sommerferien, weil Zeit-mit-der-Family-Verbringung. Die Familienväter am Steuer hoben bedauernd die Schultern, wenn sie an mir vorbeirollten, die Kinder winkten vom Rücksitz, manche streckten mir die Zunge heraus. Es war auffällig, dass nur Väter am Steuer saßen und keine Mütter, ich dachte kurz darüber nach und dann wieder nicht, es machte mich nur müde.

In manchen Autos wäre genug Platz gewesen für mich. Aber die Leute in diesen Autos guckten mich meistens nicht einmal an, sie rollten einfach an mir vorbei und taten so, als würde ich nicht dort stehen, mit meinem Pappschild in der Hand und dem Rucksack neben meinen Füßen. Weil Freak-Gefahr. Weil heutzutage fast niemand mehr trampt. Weil die Leute vielleicht Angst haben, dass ich, wenn sie mich in ihr Auto lassen, eine Axt aus meinem Rucksack packe und ihnen die Köpfe abschlage. Mein Rucksack ist viel zu klein für eine Axt. Und eine Kopfabschlagung mitten auf der Autobahn würde auch für mich als mitfahrende Person nicht gut enden. Aber so genau denken die Leute die Sache wahrscheinlich nicht durch.

Und dann kommt der dunkelblaue BMW. Er setzt den Blinker zur Autobahnauffahrt. Getönte Scheiben, Chromstahlfelgen, blankgewienert. Ich winke unmotiviert mit dem Schild, rechne nicht damit, dass so einer für mich anhält. Aber er macht eine Abbremsung und bleibt mit eingeschaltetem Blinker am Straßenrand stehen.

8:26 Uhr
Ich warte einen Moment lang, bis ich sicher bin, dass er tatsächlich wegen mir angehalten hat. Dann nehme ich meinen Rucksack und renne zum Auto. Lautloses Scheiben-Runterfahren, ich gucke in den Innenraum. Eine Person am Steuer, Anzug mit Krawatte, Bart, ein Lächeln.

– Na? Per Anhalter durch die Galaxis?
– Nur bis nach Berlin.
– Da hast du noch was vor heute.
– Nehmen Sie mich ein Stück mit?
– Nur wenn du mich nicht siezt. Ich bin der Holger.
– Äh, okay, geht klar. Ich heiße Lou.
– Na dann, steig ein, Lou.

Ganz kurz ein Gedanke an meine Mam, und die Überlegung, dass ich mir das Kennzeichen hätte merken sollen. Dann innerliches Kopfschütteln. Wird schon nichts passieren. Ich öffne die Tür. Ich steige ein. Geruch nach Leder und Sauberkeit. Holger nickt mir zu und lässt das Auto anrollen. Seine Hände auf dem Lenkrad sehen nach Maniküre und Jeden-Abend-Eincremen aus.

– Bis kurz nach Frankfurt kann ich dich mitnehmen.
– Cool, vielen Dank.
– Ist ja für mich auch spannender als alleine zu fahren.

Holger setzt den Blinker und drückt auf das Gas. Wir rollen auf die Autobahn. Kribbelung im ganzen Körper. Ich tue es. Ich tue es wirklich. Ich bin unterwegs Richtung Berlin. Meine Reise hat begonnen. Nach monatelangem Darüber-Nachdenken und Davon-Träumen hat sie jetzt tatsächlich begonnen. Meine Friends können nicht verstehen, warum das so ein Ding für mich ist.

Warum es mich so sehr nach Berlin zieht. *Du warst doch noch nie dort, sagen sie, vielleicht ist es gar nicht so toll, wie du es dir vorstellst.* Aber auch wenn es nur halb so toll ist, wie ich es mir vorstelle, ist das immer noch genug. Die Queer-Community in unserer Kleinstadt ist überschaubar, beziehungsweise: nicht vorhanden. Ich bin mehr oder weniger meine eigene Queer-Community. Natürlich kann es sein, dass ich auch in Berlin auf der Straße schräg angeguckt werde. Aber es wird mir egal sein. Weil ich mit Leuten unterwegs sein werde, die mindestens genauso schräg angeguckt werden wie ich. Weil wir zusammen sind. Weil ein Zusammen-Schrägsein = Normalität ergibt. Und dafür, für dieses Gefühl, dafür fahre ich nach Berlin. Meine Friends hier lieben mich, das weiß ich. Aber sie haben keine Ahnung, wie das ist, wenn man die eine Person ist, die sich immer erklären muss. Was ich auch jetzt gleich wieder tun muss, das ist mir klar. Ich habe den Blick gesehen, mit dem Holger mich angeguckt hat, als ich eingestiegen bin. Es ist nur eine Frage der Zeit, bis die erste Bemerkung kommt.

8:40 Uhr

Ich schaue auf mein Handy. Wir sind noch nicht einmal 15 Minuten unterwegs. Den Smalltalk haben wir bereits hinter uns.

– Berlin, also?
– Ja, genau.
– Einfach so oder hast du etwas Konkretes vor?
– Einfach so.
– Freunde besuchen?
– Ja, genau.

Und so weiter. Eine Frage-Antwort-Unterhaltung und wenig Lust meinerseits, ausführlicher zu werden. Geht Holger ja nichts an, dass ich bei Leuten übernachten werde, mit denen ich bis jetzt nur über Social Media kommuniziert habe. Das würde er auf 100 nicht verstehen. Er würde seltsame Bemerkungen machen. Vielleicht auch Belehrungen und Ins-Gewissen-Reden. Darum fange ich stattdessen an, ihm Fragen zu stellen. Er antwortet bereitwilliger als ich, er ist ein Ich-rede-gerne-über-mich-selbst-Typ. Einer, den man nur leicht anstupsen muss, und er wirft die Laber-Maschine an, ab und zu nachfragen, ansonsten bequem zurücklehnen, mit halbem Ohr zuhören und die Fahrt genießen.

Ich bekomme mit, dass er irgendetwas mit Maschinenbauteilen macht und auf Geschäftsreise war. Er hat eine Frau und zwei Kinder. Die Kinder sind fünf und sieben Jahre alt und heißen Ludwig und Henrietta. Ludwig geht in den Kindergarten und Henrietta wünscht sich zum Geburtstag ein Pony. Sie wohnen in einem Einfamilienhaus am Stadtrand von Frankfurt, Holger hat das Haus selbst gebaut, zumindest behauptet er das, er ist ein Machertyp.

– Ich bin ja nicht bescheuert und schiebe einem Architekten hunderttausende von Euros in den Arsch, wenn ich das selbst machen kann. Bisschen Ahnung von Statik und Konstruktion hat ja jeder Vollidiot.
– Nicht jeder.
– Ja gut, vielleicht nicht jeder. Aber ich schon.
– Respekt.

Holger lächelt selbstgefällig und zieht auf die linke Spur. Wir überholen einen gelben VW-Bus. Eine Person mit roten Haaren sitzt hinter dem Steuer und singt. Ich kann sie nicht hören. Aber sie sieht sympathisch aus und nur ein bisschen älter als ich, vielleicht Anfang 20. Ich würde lieber neben ihr sitzen als neben

Holger. Als wir wieder auf die rechte Spur wechseln, räuspert sich Holger.

– Kann ich dich mal was fragen?

Sofortige Nackenversteifung und allgemeine Körper-Anspannung meinerseits. Auf solche Einleitungen folgen immer unangenehme Fragen, das ist ein Naturgesetz. Aber mit nein antworten kann ich darauf trotzdem nicht. Also Durchatmung und der Versuch, es möglichst locker zu nehmen. Ich habe ja die ganze Zeit gewusst, dass dieser Teil des Gesprächs noch folgen wird.

– Na klar. Was denn?
– Finden deine Eltern das in Ordnung, wie du dich anziehst?
– Sicher.
– Sie sagen nie etwas, wenn du so aus dem Haus gehst?
– Nein.
– Dann hast du aber Glück gehabt mit deinen Eltern.
– Kann sein.
– Wenn du mein Sohn wärst …
– Bin ich aber nicht.
– Ganz ruhig, Junge. Ich meine ja nur.
– Ist mir egal, was Sie meinen.
– Sind wir jetzt wieder beim Sie?

Ich gebe nur ein Schnauben als Antwort. Der Versuch, es locker zu nehmen: glatt gescheitert. Aber ich keine Lust mehr, einfach keine Lust mehr. Keine Lust mehr auf solche Typen. Keine Lust mehr auf solche Gespräche. Keine Lust mehr, immer wieder von vorne anzufangen. Deswegen will ich ja nach Berlin, wenigstens eine kurze Auszeit von dieser Kleinstadtdenke, dieser Enge im Kopf, dieser Ich-geh-keinen-Zentimeter-mit-der-Zeit-Weltanschauung.

Es war nicht leicht, als ich meinen Friends vor knapp drei Jahren gesagt habe, dass ich kein Junge bin und auch kein Mädchen, dass das Konzept von Entweder-Oder für mich nicht stimmt, dass ich einfach ich bin, non-binär oder whatever-you-name it, einfach ich, Lou, ein Mensch. Vor allem Teddy hat wirklich lange gebraucht, bis er das reingekriegt hat. Aber sie haben sich Mühe gegeben, es zu verstehen, auch Teddy. Sie haben mir zugehört, als ich ihnen erzählt habe, wie unglücklich es mich macht, als Junge gelesen zu werden, nicht nur ein bisschen unglücklich, sondern tieftraurig-unglücklich, wie sehr ich kämpfe, wie lange ich das Gefühl gehabt habe, mit mir stimmt etwas nicht. Ich kann nachvollziehen, dass Leute darüber stolpern, dass sie das nicht sofort einfach abnicken. Wir wachsen alle damit auf, wir lernen, dass es nur Männer und Frauen gibt und mehr nicht. Das sitzt tief. Vielleicht hören wir irgendwann mal davon, dass manche Menschen schon biologisch intergeschlechtlich zur Welt kommen, also mit Genitalien, die weder als eindeutig männlich noch eindeutig weiblich eingeordnet werden können. Aber niemand sagt uns, dass das gar nicht so wenige Menschen sind, wie manche vielleicht glauben. Etwa 1,7 Prozent nämlich. Also etwa so viele, wie es blonde Menschen gibt auf der Welt. Boom. Aber darüber redet niemand. Niemand sagt uns, dass statistisch in jeder Schulklasse 1–2 Menschen sitzen, die queer sind. Niemand sagt uns, dass Geschlecht etwas ist, das vor allem von innen kommt, nicht von außen. Dass ich das bin, als was ich mich fühle, und dass das in Ordnung ist. Es hat so lange gedauert, bis ich das selbst akzeptiert habe und nochmal länger, bis meine Friends so weit waren. Ich habe so viel gedacht und geredet und erklärt. Ich habe einfach keine Lust mehr. Ich will nicht mehr von jedem x-beliebigen Hanswurst als Junge gelesen werden und Verständnis dafür haben. Wieso muss immer ich Verständnis haben, wenn andere mich verletzen? Das ist eine Null-Sinn-Ergebung, also fuck you Holger.

Er lacht leise und schüttelt den Kopf.

– Du verstehst mich falsch, ich meine das nicht so. Meinem eigenen Sohn würde ich es zwar nicht erlauben, so herumzulaufen. Aber ich wollte damit nicht sagen, dass es mir bei dir nicht gefällt.
– Ja, whatever.
– Es gefällt mir sogar gut. Du siehst toll aus mit den Haaren und den Ketten und alles so bunt. Das ist auch mutig, das traut sich nicht jeder.
– Okay.

Holger zieht wieder auf die linke Spur und überholt einen Lastwagen. Ein riesiger Joghurtbecher ist auf die LKW-Plane an der Seite gedruckt, darunter steht in geschwungenen Buchstaben: *Zeit zum Genießen.* Holger räuspert sich erneut. Ich warte darauf, dass er etwas sagt. Aber er sagt nichts. Er fährt wieder auf die rechte Spur. Und dann nimmt er seine Hand vom Lenkrad und legt sie auf meinen Oberschenkel. Zuerst verstehe ich es nicht. Es ist eine abstrakte Geste, die nichts mit mir zu tun hat. Eine An-der-Realität-vorbei-Geste, ein Das-passiert-gerade-nicht-wirklich-Moment. Dann wird mir plötzlich eiskalt. Aufstellung aller Körperhaare, vor allem an den Armen und im Nacken. Holgers Hand liegt schwer und schlaff auf meinem Oberschenkel, als wäre sie ein Gegenstand, den er aus Versehen dort platziert hat. Er bewegt sie nicht. Er sagt auch nichts. Ich spüre die Hand durch den dünnen Stoff meiner Leggins. Ich will, dass Holger seine Hand wegnimmt. Ich will, dass er seine Hand wieder auf das Lenkrad legt, am nächsten Rastplatz von der Autobahn fährt und mich aussteigen lässt. Ich habe die Sätze im Kopf. Sie liegen ausformuliert in meinem Sprachzentrum herum. Aber ich kriege sie nicht heraus. Mein Mund bleibt einfach verschlossen. Ich bin wie gelähmt. Allgemeines Reaktions-Totalversagen. Ich kann nicht einmal mehr richtig atmen. Die Luft kommt nur bis an den obersten Rand meines Brustkorbs, dann bleibt sie stecken.

– Ich meine das ernst, Lou. Du siehst toll aus.

Holgers Hand rutscht ein kleines Stück nach oben und fängt an, meinen Oberschenkel zu streicheln. Zuerst ist es eine vorsichtige Berührung, ein langsames Auf-und-ab-Fahren seines Daumens über den Stoff meiner Leggins. Dann wird die Hand mutiger, streichelt sich nach oben, immer weiter nach oben, bis sie zwischen meinen Beinen ankommt, bis sie sich dort hinlegt, ein Blutegel, eine Blutegel-Hand zwischen meinen Beinen. Und mein verräterischer Körper darauf reagiert. Nichts in mir will das, was gerade passiert. Da ist nur Kälte und Taubheit, von oben bis unten nur Kälte und Taubheit, mein Mund ist staubtrocken, mir ist kotzübel. Und trotzdem reagiert mein Körper, schwillt an, wird größer unter der Blutegel-Hand, warum tut er das, ich verstehe es nicht. Aber Holger glaubt, es zu verstehen. Zufriedenes Grunzen, Schweinegrunzen, selbstbewussteres Streicheln seiner Hand. In den Ohnmacht-Nebel in meinem Kopf drängt sich ein Gedanke, wie ein Alarm, ein Notsignal, ein Du-musst-jetzt-was-tun-Lou-Gedanke, ein Und-zwar-sofort-bevor-es-zu-spät-ist-Gedanke. Mein Blick fällt auf einen Sticker, der auf dem Armaturenbrett klebt. Es ist ein Pferdesticker mit einer weichen, stoffartigen Oberfläche.

– Hat Henrietta den Sticker dahin geklebt?

Meine Stimme klingt fester als ich gedacht habe. Holger guckt mich von der Seite an. Ich erwidere den Blick nicht, aber ich merke, dass er verwirrt aussieht. Vielleicht mache ich gerade alles noch viel schlimmer. Vielleicht rastet er gleich komplett aus. Aus irgendeinem Grund sagt mir meine Intuition, dass es besser ist, ihn an seine Kinder und seine Existenz als Familienvater zu erinnern, anstatt ihm direkt zu sagen, dass er seine Hand nicht zwischen die Beine von 17-Jährigen legen sollte. Kann sein, dass das hier richtig schiefgeht. Aber ich muss es versuchen, ich muss irgendwas versuchen.

– Ich hab auch Sticker gesammelt, als ich ein Kind war. Stoffsticker waren die besten. Für einen Stoffsticker hast du zwei Glitzer gekriegt. Oder drei Normale, wenn sie gut waren. Oder ein Glitzer und zwei Normale, je nachdem. So einen Sticker hätte ich damals nicht bei meinem Vater ins Auto geklebt, der wäre mir viel zu viel wert gewesen. Hat sie ihn doppelt gehabt?

Holger antwortet nicht darauf. Aber er nimmt seine Hand von mir weg und tut so, als müsste er etwas an der Steuerung einstellen. Dabei läuft in diesem Auto alles außer der Lenkung und den Bremsen vollautomatisch. Ich merke, dass ich auf die richtige Strategie gesetzt habe, mein Mund jetzt im Notstrom-Zustand, einfach weiterreden.

– Ich hab vorhin gar nicht gefragt, ob Henrietta es eigentlich kriegt?
– Hä?
– Das Pony? Sie wünscht sich doch ein Pony zum Geburtstag? Das haben Sie vorhin gar nicht zu Ende erzählt. Kriegt sie das Pony oder nicht?
– Natürlich nicht.
– Warum denn eigentlich nicht?
– Was? Keine Ahnung?

– Das wäre doch ein schönes Geschenk. Sie haben doch Platz. Und einen Garten. Es könnte doch im Garten wohnen. Wie viele kleine Mädchen haben ein Pony, das im Garten wohnt? Sie wären der absolute Jackpot-Vater. Aber das sind Sie bestimmt eh schon. So wie Sie vorhin über Ihre Kinder geredet haben. Das habe ich gleich gemerkt. Sie sind einer, der seine Kinder liebt. Ist nicht selbstverständlich. Nicht alle Kinder haben so einen Vater.

Holger schweigt, während mein Mund in einer Art Survival-Modus irgendwas von sich gibt, Rettungs-Sätze ausspuckt wie Paddelbewegungen, die ein Ertrinkender auf hoher See macht, ohne zu wissen, ob er die richtige Richtung ansteuert. Holger beschleunigt das Auto, obwohl wir sowieso schon mindestens 180 fahren.

– Ihre Kinder freuen sich bestimmt, dass Sie heute wieder nach Hause kommen, oder? Ich wette, sie stehen schon am Fenster und warten auf Sie. Und wenn Sie gleich mit ihrem BMW in die Straße einbiegen, dann rufen sie: Papa ist da! Und dann rennen sie vors Haus und springen an Ihnen hoch. Es ist schön, Kinder zu haben, oder? Viel Verantwortung bestimmt, aber auch viel Liebe, oder?

Plötzlich taucht auf der rechten Seite ein Rastplatz auf. Wir sind schon fast daran vorbeigefahren, als Holger im letzten Moment das Auto in die Einfahrtspur zieht und mit vollem Tempo von der Autobahn auf den Parkplatz fährt. Reifenquietschung und Ruckbewegung der Körper, als Holger das Auto abbremst. Außer uns ist niemand auf dem Parkplatz. Es ist keine dieser größeren Rastanlagen mit Tankstelle und Restaurant, nur eine Pinkel-und-Picknick-Raststätte, mit ein paar Holztischen und einem Toilettenhäuschen.

– Du steigst hier besser aus. Wird schon jemand kommen, der dich mitnimmt.
– Okay.

Ich beeile mich, den Sicherheitsgurt zu lösen und nehme meinen Rucksack, den ich zu meinen Füßen deponiert habe. Holger sieht mich nicht an dabei, stoisches Durch-die-Windschutzscheibe-Starren seinerseits. Kurz bevor ich aussteige, strecke ich meinen Zeigefinger aus und streiche über den Pferdesticker, der auf dem Armaturenbrett klebt, eine Reflex-Geste, ich weiß nicht, wieso ich das tue. Holger schnaubt und fährt so plötzlich los, dass ich nur knapp aus dem Auto herausspringen kann. Die Tür hinter mir zuzumachen, schaffe ich nicht mehr. Holger bremst noch einmal ab, beugt sich über den Sitz und zieht die Tür mit einem lauten Knall zu. Dann beschleunigt er und fährt zurück auf die Autobahn. Die Buchstaben auf dem Nummernschild nach dem F sind H und W, wahrscheinlich seine Initialen, das würde zu ihm passen. Mir die Zahlen zu merken, schaffe ich nicht mehr. Das Auto fährt auf die Autobahn, ich sehe ihm nach, bis es wieder im Verkehr verschwunden ist.

Danach (schätzungsweise halb zehn)
Ich setze mich auf den Boden, halte mir die Hände vors Gesicht und mache die Augen zu. Welt-Verschwindung. Ich bin längst aus dem Alter raus, in dem ich tatsächlich geglaubt habe, ich würde auf diese Art und Weise unsichtbar werden. Aber es hilft trotzdem für einen Moment. Dann kommt das Zittern. Völlig unkontrollierbares Zittern aller Körperteile, ein Körper-Erdbeben, von den Gliedmaßen bis ins Herz, in den Kopf, in den Magen. Ich drehe mich um und kotze mein komplettes Frühstück aus, einen Apfel und das Snickers, das ich am Bahnhof gekauft habe, kurz bevor ich in den Bus gestiegen bin, der mich in die

Nähe der Autobahnauffahrt gebracht hat. Das alles ist so lange her, es kommt mir vor wie in einem anderen Leben. Ich wische mit meinem Pulloverärmel über meinen Mund und schließe wieder meine Augen.

Ich weiß nicht, wie lange ich so dasitze, vielleicht fünf Minuten, vielleicht fünfzig. Zeit spielt gerade keine Rolle mehr. Und Berlin ist auch sehr weit weg. Ich wünschte, ich wäre nie aufgestanden heute Morgen. Ich wünschte, ich würde jetzt noch in meinem Bett liegen und Mam dabei zuhören, wie sie in der Küche die Kaffeemaschine anschaltet, typische Morgen-Geräusche, Zuhause-Geräusche, Ich-bin-in-Sicherheit-Geräusche. Stattdessen höre ich, wie ein Auto auf den Parkplatz rollt. Der Motor wird abgestellt, eine Tür geöffnet. Ich höre Schritte, die auf mich zukommen. Ich will meine Augen nicht aufmachen. Die Angst macht mich schwindelig, Schwindel-Angst, gleich falle ich in Ohnmacht, das weiß ich. Die Schritte bleiben direkt vor mir stehen, jemand kniet sich zu mir hinunter. Eine Hand legt sich auf meinen Arm.

– Bist du okay?

Ein Reflexschlag meinerseits, ein viel zu festes Wegstoßen der fremden Hand auf meinem Arm, mit aller Kraft. Dann öffne ich die Augen und schaue in ein erschrockenes Gesicht. Rotgefärbte Haare, die wie Stroh vom Kopf abstehen, ein Piercingring in der Nase und ein großer Mund, dem man ansieht, dass er viel redet und oft lächelt. Es ist die Person mit dem VW-Bus, den wir vorhin auf der Autobahn überholt haben, der gelbe Bus steht ein paar Meter hinter ihr. Sie hält ihre Hand fest, wütendes Zusammen-Ziehen der Augenbrauen.

– Aber sonst ist alles klar bei dir?
– Sorry, ich bin erschrocken.

Die Wut verschwindet aus ihrem Gesicht so schnell wie sie gekommen ist. Breites Zahnlücken-Grinsen.

– Hast du die Tollwut? Haben sie dich deshalb ganz alleine auf diesem Parkplatz ausgesetzt?
– Haha.
– Ernsthaft, was machst du hier?
– Längere Geschichte.

Ein Zeigen auf das Pappschild, das neben mir liegt.

– Willst du sie mir erzählen? Ich fahr auch nach Berlin. Kann dich mitnehmen. Wird ne Weile dauern, die Kiste ist nicht so schnell. Aber wenn du willst, nehm ich dich mit.

Ich gucke den gelben VW-Bus an. Es ist einer dieser alten Modelle, aufklappbares Dach, Gardinen an den Fenstern. Und auf dem Nummernschild das Kennzeichen meiner Heimatstadt. Jetzt erst fällt mir ein, dass ich die Person kenne. Sie spielt Gitarre in einer Punkband, die regelmäßig im Jugendhaus und am Stadtfest spielt. Meine beste Freundin Ari hat letzten Sommer mit ihr geknutscht. Woraufhin alle dachten, Ari wäre lesbisch, und dann große Aufregung und Welt-nicht-mehr-Verstehung, als sie mit Tom zusammengekommen ist. Die Leute würden sich viel Stress ersparen, wenn sie mehr als eine Möglichkeit in ihrem Kopf zulassen würden.

– Ich heiße Momo übrigens, Pronomen sie/ihr.

Die Rothaarige legt den Kopf schief und hält mir ihre Hand hin. Ich zittere noch immer ein bisschen, als ich meine Hand in ihre lege. Momo lächelt, ich lächle zurück.

– Lou, keine Pronomen.
– Freut mich, Lou. Und, was sagst du, fahren wir zusammen nach Berlin?
– Okay.
– Na dann los.

09:50 Uhr
Ich sitze in einem gelben VW-Bus. Neben mir schaltet Momo die Gangschaltung mit einem ächzenden Geräusch in den vierten Gang. Auf der linken Spur ziehen Autos an uns vorbei. Sie sind weiß, schwarz, dunkelblau und grau und alle viel schneller als wir. Motorenvibration, die durch den ganzen Körper geht und ein Song von Kae Tempest im Lautsprecher: *Living the dream, dreaming of waking / Who isn't afraid of things changing?*

Ich bin Lou.
Vor etwa eineinhalb Stunden hat meine Reise begonnen.
Vielleicht ist es aber auch schon viel länger her.

ZWISCHENSPIEL VI

Quizfrage: Warum ist Pussy ein Schimpfwort?

(Warum gibt es generell für Mädchen so viele Schimpfwörter, die mit Sex zu tun haben? Warum werden mit besonders harten Schimpfwörtern für Jungs eigentlich gar nicht Jungs, sondern entweder queere Personen oder Frauen beleidigt? Warum zum Beispiel sagt man nicht »Freiersohn«? Weil, Hallo, das richtig Eklige in Rotlichtvierteln sind doch die Männer, die da rumschleichen. Nicht die Frauen, die ihren Job machen. Willst du der Sohn von so einem Creep sein?)

Yasin und Leyla

My heart will go on

Jezzuz, ich bin so nervös, mein Blut ist überall, nur nicht in meinem Penis. Wie eine weichgekochte Nudel hängt er zwischen meinen Beinen. Leyla sieht unglaublich schön aus, gemäldemäßig liegt sie in Unterwäsche auf den Kissen im Bett. Jeder andere Dude würde über sie herfallen, ihre Brüste aus dem Spitzen-BH holen und sein Gesicht darin vergraben. Normal, so macht man das. Ungeschriebene Gesetze. How to: Wenn eine Frau in Unterwäsche auf einem Bett liegt. Leyla scheint auch darauf zu warten. Sie liegt da und sieht mich an. Es ist safe nicht das erste Mal, dass sie so daliegt und einen Typen ansieht. Sie hat so viel Erfahrung, sie weiß genau, was jetzt passieren müsste. Aber ich mache es nicht. Ich kann nicht. Ich bin wie eingefroren, Eis am Stiel und ganz bestimmt knallrot im Gesicht. Irgendwie schaffe ich es, mich vom Türrahmen zum Bett zu bewegen. Ich setze mich auf die Matratze, ohne Leyla anzugucken. Sie setzt sich auf, nimmt die Bettdecke und wickelt sich darin ein. Jezzuz, ist das alles peinlich. Ich schäme mich so sehr, ich fange fast an zu heulen. Und gleichzeitig bin ich auch ein bisschen wütend auf Leyla. Wahrscheinlich hat sie gedacht, sie macht mir eine Freude, als sie sich, während ich auf die Toilette gegangen bin, ausgezogen und auf ihrem Bett in Position gebracht hat. Wahrscheinlich hat sie geglaubt, ich fände Sex mit ihr interessanter als neben ihr unter der Bettdecke zu liegen und *Titanic* zu gucken. Und theoretisch hat sie damit ja sogar recht. Ich meine, *Titanic*?! Wer will schon freiwillig drei Stunden lang dem jungen Leonardo DiCaprio dabei zugucken, wie er über ein sinkendes Riesenschiff rennt und mit seinen blauen Augen klimpert?

Ich hasse Leonardo DiCaprio. In seiner Jugend hat er ein paar Liebesfilme gedreht und Millionen damit verdient, heute ist er alt und fett und vögelt Frauen, die hundertvierzig Jahre jünger sind als er und sich wahrscheinlich nur deshalb auf ihn einlassen, weil er Leonardo DiCaprio ist und ungefähr so viele Häuser und Boote besitzt wie normale Leute Messer und Gabeln.

Ich habe noch nie in meinem Leben *Titanic* gesehen, was Leyla für eine Bildungslücke hält und weshalb sie so lange auf mich eingeredet hat, bis ich diesem Filmabend irgendwann zugestimmt habe. Und in diesem Moment würde ich tatsächlich alles für Leonardo DiCaprios Milchbubi-Face auf dem Bildschirm geben, von mir aus sogar in Nahaufnahme und Slowmotion. Natürlich denke ich darüber nach, wie es wäre, mit Leyla zu schlafen. Ich denke 24/7 darüber nach, wenn ich ehrlich bin. Ich will mit ihr schlafen. Es gibt nichts, das ich lieber tun will. Aber Theorie und Praxis haben gerade so viel miteinander zu tun wie Leonardo DiCaprios Hauptwohnsitzvilla mit einer Strohhütte im Sudan. Also ungefähr überhaupt nichts. Wenn ich bei mir zu Hause unter der Bettdecke liege und mir die Sache vorstelle, ist alles klar. Meine Hände wissen Bescheid, mein Schwanz ist hart, Leylas Körper ist unter mir, manchmal auch über mir, wir passen ineinander und aufeinander, ich mache genau die Dinge, die Leyla gefallen, bin aufmerksam, safe einfach der geilste Typ, den man sich denken kann. Das sagt mir Leyla dann auch immer. *Du bist so anders als all die anderen Jungs*, sagt sie. *Bevor ich dich kennengelernt habe, hab ich nicht gewusst, dass Sex so gut sein kann.* In meinem Kopf sagt sie das, meine ich. Also wenn ich mir vorstelle, wie wir miteinander schlafen. Kurz bevor ich komme und sich das Sperma auf meiner Flanellbettwäsche verteilt. Die Bettwäsche habe ich, seitdem ich ein Kind bin. Sie ist grau, und es sind kleine Roboter darauf gedruckt. Die Spermaflecken dazwischen passen ins Farbkonzept, aber es ist mir trotzdem peinlich, wenn meine Mutter die Bettwäsche abzieht, bevor ich es selbst erledigen kann. Bisher hat mein komplettes Sexleben unter dieser Bettdecke stattgefunden. Und so, wie ich mich gerade benehme, wird sich daran wahrscheinlich auch nicht so schnell etwas ändern. Leyla wird ihren Freundinnen erzählen, was für ein Schlappschwanz ich bin, sie wird mich verlassen, ich werde unter meiner Roboter-Bettdecke liegen, ein paar neue Spermaflecken produzieren und ziemlich viel weinen, darauf wird es hinauslaufen. Ich hab die ganze Zeit gewusst, dass es darauf hinauslaufen wird. Ich meine, die ganze Stadt fragt sich wahrscheinlich schon seit zehn Wochen, was Leyla mit mir will. Zehneinhalb Wochen, um ganz genau zu sein. Seit zehneinhalb Wochen gibt sich Leyla, das wahrscheinlich heißeste Mädchen der nördlichen Hemisphäre, mit mir ab. Niemand versteht das. Am wenigsten ich selbst.

»Okay, weird«, höre ich Leyla sagen.

Sie sitzt neben mir, ich weiß nicht, ob sie mich anguckt, ich traue mich nicht einmal, in ihre Richtung zu sehen.

»Stehst du nicht auf mich?«, sagt Leyla.

»Doch, schon«, sage ich.

Und wie ich auf dich stehe, denke ich. Aber sage ich nicht laut. Wie soll ich Leyla erklären, dass ich mir seit zehn Wochen beinahe jeden Tag wünsche, dass es passiert und trotzdem so viel Angst davor habe, dass ich ziemlich sicher bin, es auch in zehn Jahren noch nicht auf die Reihe zu kriegen?

»Ach egal«, sagt Leyla und schaltet den Flachbildschirm an, der an der Wand gegenüber von ihrem Bett hängt. »Gucken wir halt einfach den Film.«

Irgendwelche Dudes tauchen mit Unterwasserrobotern zum Wrack der *Titanic* und holen einen Tresor aus dem Schiff. Sie sind davon überzeugt, dass etwas Wertvolles darin ist, Diamanten oder was. Der eine Dude öffnet schon einen Champagner, während ein anderer den Tresor aufsägt. Aber dann ist nur Schlamm darin und irgendwelche Papiere. Ich kann der Handlung nicht wirklich folgen. Leyla und ich liegen nebeneinander auf dem Bett. Normalerweise kuscheln wir immer, wenn wir einen Film gucken, aber ich hab mich nicht getraut, den Arm um sie zu legen, und sie hat wahrscheinlich keine Lust mehr darauf. Wir tun beide so, als würden wir uns den Film angucken, aber ich für meinen Teil bin nullkommanull daran interessiert. Ich habe keine Ahnung, wie ich das drei Stunden lang aushalten soll. Und Leonardo DiCaprio hat noch nicht mal seinen ersten Auftritt gehabt, der richtige Horror kommt erst noch. Plötzlich hält Leyla die Fernbedienung hoch und schaltet den Bildschirm aus. Er wird schwarz und mit einem Mal ist es stockdunkel im Zimmer.

»Ich glaube, du solltest lieber gehen«, sagt Leyla in die Dunkelheit hinein.

»Hä?«, sage ich. »Aber der Film hat doch gerade erst angefangen.«

»Du findest ihn eh scheiße.«

»Ich hab doch gar nichts gesagt.«

»Trotzdem«, sagt Leyla.

»Okay«, sage ich.

»Okay«, sagt Leyla.

»Dann geh ich jetzt?«

»Ja.«

Ich warte, ob sie noch etwas hinzufügt, aber es kommt nichts mehr. Also stehe ich auf, taste mich zum Stuhl, auf den ich meinen Pullover abgelegt habe. Ich ziehe den Pullover über den Kopf, Leyla atmet genervt, es kann ihr wohl gar nicht schnell genug gehen, bis ich verschwunden bin. Ich öffne die Tür und im Lichtstreifen, der nun ins Zimmer fällt, drehe ich mich zu Leyla um, die mit dem Rücken zur Tür auf ihrem Bett liegt.

»Also dann …«, sage ich.

Leyla antwortet nicht. Wie ferngesteuert laufe ich aus dem Zimmer, den Gang entlang, die Treppe nach unten. Auf dem Sofa im Erdgeschoss sitzen Leylas Eltern vor dem Fernseher und sehen sich eine Tierdoku an. Ich mag Leylas Eltern. Sie sind so komplett anders als meine Eltern. Wenn sie zusammen essen, liegt immer ein Lexikon auf dem Tisch, weil garantiert im Gespräch irgendwann eine Frage aufkommt, die geklärt werden muss. Meine Eltern haben noch nie beim Abendessen darüber diskutiert, ob der Eiffelturm im Sommer größer wird (wird er) oder welches der stärkste Muskel im Körper ist (die Zunge). Bei mir zu Hause wird höchstens darüber diskutiert, wer den Abwasch machen muss.

»Hey Yasin«, sagt Leylas Mutter, als ich am Sofa vorbeilaufe. »Schlangen können bis zu fünf Tage im Voraus spüren, wenn ein Erdbeben kommt. Hast du das gewusst?«

»Nee«, sage ich. »Hab ich nicht gewusst. Spannend.«

»Gehst du schon wieder?« fragt mich Leylas Vater.

»Ja«, antworte ich. »Muss morgen früh raus.«

Ich laufe weiter zur Haustür und ziehe mir meine Schuhe an. So gerne ich mich auch mit Leylas Eltern unterhalte, jetzt ist definitiv der falsche Zeitpunkt dafür. Ich rufe einen Gruß Richtung Wohnzimmer und ziehe die Haustüre hinter mir zu, ohne eine Antwort abzuwarten. Die Nachtluft ist kühl und schwimmt mir ins Gesicht. Ich atme durch und drehe mich zum Haus um. In Leylas Zimmer ist es immer noch dunkel. Wahrscheinlich hat sie mittlerweile das Handy in der Hand, liegt dort auf dem Bett und nimmt eine Sprachnachricht für ihre Freundinnen auf, in der sie ausführlich beschreibt, was für ein Loser ich bin. Ich kann mich nicht erinnern, mich jemals im Leben so erbärmlich gefühlt zu haben. Mein Körper ist mindestens zehn Zentimeter kleiner und dünner als sonst, ein Strich in der Landschaft, ein Grashüpferkörper, der sich durch die Nacht davonschleicht. Ich stehe vor dem Haus, gucke auf Leylas Zimmerfenster, es kommt mir surreal vor, dass ich noch vor einer halben Stunde dort oben neben Leyla auf dem Bett gelegen habe. Bevor ich auf Toilette gegangen bin und diese Sache passiert ist, war alles in Ordnung. Leyla hat in meinem Arm gelegen, und wir haben über irgendwas geredet. Dann hat sie sich über mich gebeugt und mich geküsst. Ihre langen Haare haben mich im Gesicht gekitzelt, sie hat gelacht und sich das Haargummi vom Handgelenk gezogen, um sie zusammen zu binden. Es ist faszinierend, wie Leyla ihr Haare binden kann. Zwei Handgriffe und sie hat einen perfekten Knoten auf dem Kopf. Sie ist auch mit anderen Dingen wahnsinnig geschickt. Ihre Hände sind sorgfältig, sie tut nie etwas einfach nur nebenbei. Sogar wenn sie ein Käsebrot macht oder ihre Schultasche packt, sieht es so aus, als würde sie gerade die wichtigste Sache der Welt tun. Ich hätte ihr stundenlang zugucken können. Als ich merke, dass ich schon jetzt in der Vergangenheit darüber nachdenke, muss ich schlucken. Aber wahrscheinlich ist es besser, direkt damit anzufangen. Schocktherapie. Leyla und Yasin, das war einmal. Wie eine Märchengeschichte oder ein sehr absurder Witz. Leyla und Yasin, das seltsamste Paar der Stadt. Was haben wir gelacht. Jetzt ist es vorbei, der kleine dünne Grashüpfer kriecht nach Hause und Leyla sucht sich wieder ein Männchen, das ihr ebenbürtig ist, stark und kräftig und mit dauerhartem Schwanz.

***

Noch während Yasin sich seinen Pullover anzieht, kommen die Tränen. Ich halte die Hand vor meinen Mund und versuche, leise zu atmen. Es gelingt mir nicht wirklich, aber Yasin fällt es nicht auf. Er läuft zur Tür und öffnet sie. Ich merke, dass er sich zu mir umdreht und mich ansieht.

»Also dann …«, sagt Yasin.

Ich kann nicht antworten. Wenn ich antworten würde, würde meine Stimme brechen, und Yasin würde merken, was mit mir los ist. Etwas in mir wünscht sich ganz dringend, dass Yasin merkt, was mit mir los ist. Dass er die Tür wieder zumacht, sich wieder zu mir ins Bett legt und mich festhält. Aber ich presse die Hand vor meinen Mund und sage nichts. Yasin geht aus dem Zimmer, und ich höre, wie er sich im Wohnzimmer kurz mit meinen Eltern unterhält. Meine Eltern mögen Yasin. Es ist das erste Mal, dass sie einen meiner Boyfriends approved haben. Mit den anderen konnten sie nicht viel anfangen.

Ich ziehe die Bettdecke um mich herum fester, vergrabe mein Gesicht im Kopfkissen und heule lautlos. Ich schäme mich so sehr, mein ganzer Körper brennt vor Scham, ich halte es fast nicht aus. Warum habe ich das gemacht? Warum habe ich mich einfach ausgezogen und Yasin so überfallen? Was habe ich mir dabei gedacht? Es war ihm anzusehen, wie unangenehm ihm das war. Er würde nie irgendwas sagen, das gemein ist oder verletzend. Dafür ist er viel zu lieb. Aber sein Gesichtsausdruck war eindeutig. Ich hatte meine Unterwäsche noch an, aber ich bin mir trotzdem noch nie in meinem Leben so nackt vorgekommen. Und so billig. Ich bin viel zu billig für jemanden wie Yasin. Das ist mir in dem Moment schlagartig bewusst geworden. Ich weiß, was die Leute über mich sagen. Und sie haben recht damit. Yasin braucht ein liebes Mädchen, eine, die sich nicht einfach so hergibt. Ich habe mich schon viel zu oft hergegeben. Ich glaube, wenn Yasin wüsste, wie oft ich mich schon hergegeben habe, hätte er sich niemals auf mich eingelassen.

Ich meine, ich war gerade mal dreizehn, als ich zum ersten Mal jemandem einen geblasen habe. Der Typ war Verkäufer bei H&M und hat bei den Umkleidekabinen die Klamotten sortiert. Es war wenig los, wir sind ins Gespräch gekommen, er hat mir Komplimente gemacht und ein Kleid geholt, von dem er behauptete, es wäre wie für mich gemacht. Als ich es anprobierte, stand er plötzlich hinter mir in der Kabine. Er zupfte an den Trägern herum, wir betrachteten mich und das Kleid im Spiegel, er nickte zufrieden. Dann drehte er mich an den Schultern herum und küsste mich auf den Mund. Ich hatte bis zu dem Zeitpunkt noch nie einen Jungen geküsst, Flaschendrehen ausgenommen. Ich küsste ihn zurück und fühlte mich sehr erwachsen. Er schob seine Hand unter mein Kleid und legte meine Hand auf seine Hose. Eines kam zum anderen, vielleicht fand ich es aufregend, vielleicht dachte ich, so laufen diese Dinge eben, ich weiß es nicht mehr genau. Plötzlich kniete ich vor ihm, und er machte seine Hose auf. Er hielt meinen Kopf fest und schob ihn vor und zurück, sein Ding war viel zu groß für meinen Mund, es stieß im Rachen gegen meine Mandeln, und ich hatte Mühe, den Brechreiz zu unterdrücken. Es dauerte eine Ewigkeit, bis es vorbei war. Ich schluckte das Sperma, obwohl ich es am liebsten auf den Fußboden der Umkleide gespuckt hätte, es schmeckte widerlich. Der Verkäufer machte seine Hose zu, küsste mich auf den Mund und sagte, er müsse jetzt wieder arbeiten. Ich verließ den Laden, spülte mir in der Toilette des Einkaufszentrums ungefähr zweihundert Mal den Mund aus und dann fuhr ich nach Hause. Seitdem bin ich nie wieder in diesem H&M gewesen, was zum Kotzen ist, weil im Umkreis von mindestens zweihundert Kilometern gibt es keinen anderen H&M.

Mein erstes Mal hatte ich etwa ein Jahr später auf einer Party bei Fabian zu Hause. Fabian war ein bisschen älter als ich und sah wahnsinnig gut aus, alle Mädchen sind damals auf ihn abgefahren. Ich platzte beinahe vor Glück, als er sich bei dieser Party mit einer Flasche Prosecco neben mich setzte und anfing mit mir zu reden. Wir tranken den Prosecco leer und dann gingen wir auf sein Zimmer. Es war direkt unter dem Dach, man konnte auf dem Bett liegen und durch das Fenster in der Deckenschräge in den Himmel sehen, das fand ich schön. Fabian hatte keinen Zimmerschlüssel, darum schoben wir seinen Schreibtisch vor die Tür. Als wir auf dem Bett lagen und Fabian sich gerade ein Kondom übergezogen hatte, rüttelte ein Junge an der Tür, der dachte, Fabians Zimmer wäre das Bad. Wir hörten, wie er vor die Zimmertür kotzte und dann wieder nach unten lief. Fabian grinste, dann legte er sich auf mich und drang in mich ein. Sein Oberkörper wurde von den Sternen hinter dem Dachfenster eingerahmt, das machte es beinahe ein bisschen romantisch. Es tat nicht weh, als Fabian in mich eindrang. Ich guckte ihm zu, er bewegte sich hastig und atmete leise durch den Mund. Er sah ein bisschen aus wie ein Frettchen. Einmal fragte er mich, ob es mir gefallen würde. Ich sagte, ja sehr, und guckte an ihm vorbei in den Himmel, an dem an diesem Abend wirklich außerordentlich viele Sterne standen. Irgendwann war es vorbei, Fabian zog sich das Kondom ab und machte einen Knoten rein. Ich sagte, es wäre schön, wenn er für sich behalten könnte, was genau wir in seinem Zimmer gemacht hatten. Fabian sagte, das sei selbstverständlich. Zwei Stunden später wussten es alle auf der Party. Ich wurde sauer und daraufhin sagte Fabian, zwischen uns würde es wohl nichts werden, wenn ich schon wegen so einer Kleinigkeit ausflippen würde, das sei ihm zu unentspannt.

Als ich fünfzehn war, war ich zum ersten Mal mit jemandem zusammen. Zumindest dachte ich, wir wären zusammen. Er hieß Eric und war zwei Jahre älter als ich. Die meiste Zeit verbrachte er im Fitnessstudio, er war wirklich sehr stark. Einmal war ich so betrunken, dass er mich quer durch die Stadt nach Hause trug, mindestens eine halbe Stunde lang. Wir sahen uns immer nur am Wochenende. Der Sex dauerte sehr lange, Eric war stolz darauf und sagte, das läge daran, dass er so trainiert sei. Ich lächelte und sagte nicht, dass es mir fast jedes Mal irgendwann anfing wehzutun und ich die Zähne zusammenbeißen musste, um bis zum Ende durchzuhalten. Was mir gefiel, war, dass er mich sexy fand. Wenn ich nackt vor ihm lag oder auf allen vieren auf dem Bett kniete, dann drehte er fast durch. Ich fühlte mich schön, das mochte ich. Trotzdem wartete ich immer darauf, dass er fertig wurde und wir uns unter der Bettdecke zusammenkuschelten. Wenn ich neben ihm lag, mein Kopf auf seiner Brust, sein Herzschlag unter meiner Wange, dann war ich glücklich, für diese Momente hätte ich fast alles mitgemacht. Ich war wirklich sehr verliebt. Ich dachte, Eric mochte mich auch, aber nach zwei Monaten sagte er, er hätte jemanden kennengelernt und keine Zeit mehr, mit mir rumzuflachsen. Er drückte das wirklich so aus. Ich nickte und sagte nicht, dass ich gedacht hatte, wir würden mehr tun als miteinander rumzuflachsen. Ich war ein paar Monate lang sehr traurig, dann lernte ich Jamie kennen.

Jamie hatte schon ein Auto, darauf war er übertrieben stolz. Er putzte es mindestens einmal in der Woche. Manchmal half ich ihm dabei. Die meiste Zeit über fuhren wir einfach in der Gegend herum. Wir hörten Musik und fuhren herum, das war unser Ding. Irgendwann parkte er das Auto am Waldrand oder auf einem Feldweg, und wir klappten die Sitze um. Einmal, als wir gerade voll dabei waren, klopfte ein Förster an die Scheibe und grinste. Jamie lachte und hielt den Daumen nach oben. Irgendwann hörte ich, dass es andere Mädchen gab, die ebenfalls mit ihm in der Gegend herumfuhren. Er stritt es ab, aber eines Abends fand ich einen schwarzen Spitzentanga unter dem Vordersitz. Ich stieg aus dem Auto, ignorierte Jamies Gelaber und lief zehn Kilometer über irgendwelche Feldwege nach Hause.

Danach war ich mit Tom zusammen. Ich merkte von Anfang an, dass er nicht wirklich an mir interessiert war. Ich dachte, wenn wir Sex hätten, würde sich das vielleicht ändern. Aber er wollte nicht mit mir schlafen. Er machte in einer Sprachnachricht mit mir Schluss. Ein paar Wochen später erfuhr ich, dass er mit Ari zusammen war und ich dachte, alles klar. Ari ist das absolut coolste Mädchen der Stadt, jeder Junge würde mit mir Schluss machen, wenn er mit Ari zusammen sein könnte. Ari ist laut, und sie hat eine Meinung. Wenn sie etwas sagt, dann hören alle zu. Sie hat fast immer dieselben Kleider an, ihre Hosen und ihre Schuhe haben Löcher, und sie sieht trotzdem einfach wahnsinnig cool aus. Ari ist außerdem Yasins beste Freundin. Sie kennen sich seitdem sie Kinder sind. Ich glaube nicht, dass Yasin in sie verliebt ist. Aber ich glaube, insgeheim wünscht er sich eine Freundin, die so ähnlich ist wie Ari. Eine mit Charakter und Rückgrat.

Nicht so eine wie mich.

Keine, just name it – Schlampe.

Dabei ist Yasin der erste Junge, mit dem alles irgendwie anders ist. Vor Yasin hatte ich immer das Gefühl, Sex sei eine Sache, die ich geben muss, damit ein Junge mit mir zusammen sein will. Jungs mögen Sex, in ihrem Kopf dreht sich alles nur darum, wenn sie keinen Sex von mir kriegen, suchen sie sich eben ein anderes Mädchen. So ungefähr. Aber mit Yasin wollte ich schlafen. Ich habe mich nicht ausgezogen, weil ich geglaubt habe, er würde das erwarten. Sondern weil *ich* Lust darauf hatte. Es war das erste Mal in meinem Leben, dass ich wirklich Lust darauf hatte. Ich weiß nicht, wieso, aber ich war sicher, dass es anders sein würde, mit Yasin zu schlafen. Ganz anders als mit den anderen. Ich wollte das ausprobieren. Aber dann ist er von der Toilette zurückgekommen, hat im Türrahmen gestanden und mich angeguckt, und plötzlich habe ich mich so nackt und so billig gefühlt. Wie ein Schnitzel in der Fleischauslage.

Es wird nicht lange dauern, bis Yasin eine neue Freundin findet. Jungs wie Yasin gibt es nicht oft. Er hätte sich drei Stunden lang mit mir *Titanic* angeschaut, obwohl er den Film richtig schlimm findet. Er hört mir zu, und er merkt sich fast alles, was ich ihm erzähle. Manchmal fragt er mich nach Sachen, von denen ich schon ganz vergessen habe, dass ich sie ihm erzählt habe. Wir haben uns in den letzten zehn Wochen fast jeden Tag gesehen, und mir war kein einziges Mal langweilig mit ihm. Yasin ist so lustig und so schlau. Und er sieht süß aus, hundewelpensüß. Aber auch ein bisschen verwegen, mit den zu langen Ponyhaaren, die ihm immer ins Gesicht hängen. Einmal hat er gesagt, dass er meinen Körpergeruch mag. Wenn es meinen Körpergeruch in Flaschen zu kaufen gäbe, würde er sein komplettes Taschengeld dafür ausgeben, hat er gesagt. Sowas hat noch niemand zu mir gesagt. Meine Eltern sind bestimmt enttäuscht von mir, wenn ich ihnen sage, dass ich mit Yasin Schluss gemacht habe. Ich kann sie verstehen. Ich bin ja selbst enttäuscht von mir. Aber Yasin und ich, wir passen nicht zusammen. Ich bin nicht gut genug für ihn. So einfach ist das.

Ich wische mir die Tränen von der Wange und stehe auf, ich brauche dringend ein bisschen frische Luft. Meine Hand liegt schon auf dem Fenstergriff, da sehe ich, dass Yasin immer noch vor dem Haus steht. Er steht da und schaut in meine Richtung. Ich glaube nicht, dass er mich sehen kann, das Zimmer ist dunkel, und es fällt kein Licht auf das Haus. Sein Gesicht kann ich nicht erkennen, aber sein Körper wirkt irgendwie kleiner als sonst. Plötzlich wendet er sich ab und geht langsam die Straße hinunter. Ich zögere nur einen winzigen Augenblick lang. Dann schlüpfe ich in meine Hose und meinen Pullover. Ich renne aus dem Zimmer, und dabei bleibe ich mit dem kleinen Zeh am Türrahmen hängen, es tut höllisch weh, die Tränen schießen mir in die Augen. Kurz bleibe ich stehen und fluche vor Schmerz, dann renne ich humpelnd weiter, die Treppe runter und aus dem Haus. Meine Eltern rufen mir irgendwas hinterher, aber ich ignoriere sie. Yasin ist schon ein ganzes Stück weit die Straße runtergelaufen und biegt gerade um die Ecke. Ich renne mitten auf der Straße. Der Asphalt ist kalt unter meinen nackten Füßen, ich habe keine Schuhe angezogen. Für einen Moment kommt es mir vor, wie in einem dieser Träume, in denen man rennt und rennt und die Person niemals einholt. Aber dann biege ich um die Ecke und sehe Yasin wieder. Er läuft zwanzig Meter vor mir auf dem Bürgersteig, und ich glaube, er hört Musik. Ansonsten hätte er mich schon längst gehört und sich umgedreht. Ich bin völlig aus der Puste, so schnell bin ich gerannt.

»Yasin«, rufe ich. »Warte doch mal.«

Er dreht sich um und nimmt den Kopfhörer aus dem Ohr. Als er mich sieht, wischt er sich über das Gesicht, aber es ist zu spät, ich habe schon gemerkt, dass er geweint hat. Ich bleibe vor ihm stehen, und wir gucken uns an. Yasin wartet darauf, dass ich etwas sage. Irgendetwas muss ich sagen, immerhin bin ich ihm nachgelaufen. Mir fällt nichts ein. Ich merke, wie mir das Blut in den Kopf schießt.

»Ja?«, fragt Yasin irgendwann.

»Willst du vielleicht doch den Film fertig gucken?«, bringe ich heraus.

»Glaub eher nicht«, murmelt Yasin.

»Okay«, sage ich.

»Ich hasse Leonardo DiCaprio.«

»Verstehe.«

Wieder wird es still. Wir stehen direkt unter einer Straßenlaterne, und ich bin knallrot im Gesicht, schön ausgeleuchtet für Yasin und alle Nachbar:innen, die vielleicht in diesem Moment zufällig aus dem Fenster gucken und das kleine Drama beobachten, das sich hier gerade abspielt. Yasin sieht mich an und sagt nichts, und als ich mir sicher bin, dass er sich jetzt umdreht und davongeht, da macht er plötzlich einen Schritt auf mich zu und umarmt mich. Ich brauche ein paar Sekunden, bis ich reagieren kann, aber dann lege ich meine Arme um seinen Rücken und umarme ihn zurück. Es fühlt sich so schön an, dass ich direkt wieder losheule. Yasin hält mich fest, mein Gesicht ist an seinem Hals, seine Haut ist weich und riecht wahnsinnig gut. Ich kann gar nicht sagen, wonach. Nicht nach Parfum, oder so. Einfach nach Yasin, Yasinhaut und Yasinkörper. Nach etwas, für das ich definitiv auch mein Taschengeld ausgeben würde, wenn man es irgendwo kaufen könnte. Yasin atmet in meine Haare und zieht mich noch näher an sich heran.

»Ich finde, wir sollten wieder zurückgehen«, flüstert er mir ins Ohr.

»Das finde ich auch«, flüstere ich zurück.

»Aber *Titanic* gucken wir heute nicht mehr.«

»Nee«, sage ich. »Auf keinen Fall.«

»Vielleicht morgen«, flüstert Yasin.

»Ja«, sage ich. »Vielleicht.«

ZWISCHENSPIEL VII

Ich will erst dann mit jemandem schlafen, wenn es sich richtig anfühlt. Nicht nur ein bisschen richtig. So richtig-richtig. So Mit-dir-will-ich-bis-ans-Ende-der-Welt-laufen-Richtig. Die anderen Jungs lachen mich dafür aus. Sie sagen, ich bin kein richtiger Mann. Aber das ist mir egal. So richtig egal. Meistens zumindest.

Ich will am liebsten mit so vielen Leuten wie möglich schlafen. Ich glaube, es kann lange dauern, bis es schön wird. Man muss Sachen lernen. Wie man andere anfassen kann. Wie man selbst angefasst werden will. Das weiß man ja nicht, wenn man es nicht ausprobiert. Oder?

Ich denke, dass es ungefähr mit 19 oder 20 passiert. Das ist ein gutes Alter für mich, denke ich. Gerade fühle ich mich noch zu jung dafür. Vielleicht sollte man seinen Körper gut kennen, bevor jemand anders ihn berührt, denke ich. Vielleicht kann man das auch zusammen rausfinden, aber ich denke, ich brauche noch ein bisschen Zeit alleine mit meinem Körper.

Ich will nie Sex haben. Ich weiß nicht, es interessiert mich einfach nicht. Vielleicht ändert sich das später. Aber gerade fühlt es sich nicht so an. Man muss das nicht machen. Es gibt kein Gesetz. Man kann es auch einfach nicht machen.

Milad

Boys will be boys

Was ich weiß: Die Klitoris liegt zum größten Teil innen im Körper. Man sieht nur einen ganz kleinen Teil davon, den sogenannten Kitzler. Insgesamt ist die Klitoris neun bis zwölf Zentimeter groß, und sie wird größer, wenn sie erigiert ist. Sie ist das einzige Organ des menschlichen Körpers, das nicht altert. Sie funktioniert immer, egal wie alt eine Frau ist. Und sie wächst ein Leben lang weiter, bei einer alten Frau kann sie zweieinhalbmal so groß sein wie bei einer jungen Frau. Sie hat 8000 Nervenenden, mehr als doppelt so viele wie ein Penis. Klitoris und Penis bilden sich beim Embryo aus der exakt gleichen Organanlage heraus und bis zur ungefähr 10. Schwangerschaftswoche kann man nicht sagen, in welche Richtung es sich entwickelt. Deswegen funktionieren Klitoris und Penis auch ziemlich ähnlich. Beide haben eine Eichel. Beide schwellen an und werden steif, wenn sie erregt sind. Frauen können sogar ejakulieren. Bei Mats ist das noch nie passiert. Also zum Orgasmus ist sie schon ein paar Mal gekommen jetzt. Aber gespritzt hat es noch nie.

Das alles sage ich allerdings nicht laut. Ich bin ja nicht bescheuert. Wenn Fabian und die anderen anfangen, über Sex zu reden, werde ich meistens einfach still und warte, bis es vorbei ist. Früher haben sie gedacht, ich bin so ruhig, weil ich nicht mitreden kann. Irgendjemand hat mal gesagt, es hätte mit meiner Religion zu tun, und das war für die meisten Leute Erklärung genug. Dabei ist mein Vater nur in der Theorie Muslim und meine Mutter ist überhaupt nichts, also weder Muslimin noch Christin noch Jüdin noch irgendwas.

Seitdem ich mit Mats zusammen bin, nerven mich Fabian und die anderen Jungs allerdings ständig mit dem Thema. *UUUUND?* fragt Fabian, jedes Mal, wenn wir uns treffen. Mehr muss er nicht sagen, es ist allen klar, was er damit meint. Ich schüttle dann den Kopf und hoffe, dass sie sich damit zufriedengeben und zu einem anderen Thema übergehen. Heute funktioniert das aber leider nicht.

»Diggie«, sagt Fabian und rutscht ein bisschen näher an mich heran. »Wie lange seid ihr jetzt schon zusammen?«

Ich zucke die Schulter. »Bisschen mehr als ein Jahr.«

Ein Jahr, vier Wochen und drei Tage, um genau zu sein. Die beste Zeit meines Lebens bis jetzt. Aber das sage ich natürlich auch nicht laut. Keine Lust, ausgelacht zu werden.

»Wie hältst du das aus?«, fragt Fabian. »Bist du nicht total geladen?«

»Boah, ich könnte das nicht«, sagt Kevin und verschränkt die Arme hinter seinem Kopf. »Wenn eine Chaya nach vier Wochen nicht ready ist für bisschen Action, sag ich Ciao.«

»Ist klar, Kev«, sagt Veton. »Als ob du mal eine für vier Wochen gehalten hättest. Die ein, zwei Mädels, die betrunken genug gewesen waren, sich auf dich einzulassen, haben doch schon nach zwei Tagen gemerkt, dass du es nicht bringst.«

Fabian und die anderen lachen. Kevin wird rot.

»Immerhin bin ich keine Jungfrau mehr«, sagt er.

»Weil du auf meiner Homeparty mit Linda im Kinderzimmer gebumst hast?», sagt Veton. »Get over it, Junge. Das ist über ein Jahr her. Seitdem ist nicht mehr viel passiert bei dir, oder?«

»Stimmt schon«, sagt Jason. »Und Linda hat dich nach der Party nicht mehr mit dem Arsch angeguckt. So toll kannst du nicht gewesen sein.«

»Warum geht ihr jetzt auf mich los?«, ruft Kevin und zeigt auf mich. »Ich bin nicht derjenige, der schon über ein Jahr mit seiner Freundin zusammen ist und noch nicht mal einen Blow von ihr bekommen hat!«

»Sie hat dir noch nicht mal einen geblasen?«, sagt Fabian zu mir. »Das ist hart.«

»Oah, ich lieb das, wenn ein Mädel mir einen bläst«, sagt Jason. »Am liebsten, wenn ich so sitze wie jetzt.« Er spreizt ein bisschen die Beine und rutscht nach vorne an die Sofakante. »Und sie kniet vor mir auf dem Boden und ihre Haare so vorm Gesicht, und dann guckt sie mich so von unten an, mein Schwanz in ihrem Mund, der Blowie-Blick, oah, ich lieb das.«

Kevin lacht. »Genau, Bro. Du meinst, wenn du vor deinem Laptop kniest und dir einen runterholst.«

Veton lacht ebenfalls. »Ja, Mann. Und heißen Blickkontakt mit einem Pornhubgirl hast.«

Jason, der zwischen ihnen auf dem Sofa sitzt, zeigt ihnen rechts und links den Mittelfinger. Kevin und Veton geben sich über seinem Kopf ein High Five.

»Ach, Kinder«, sagt Fabian.

Es ist ein typischer Donnerstagabend, wir waren skaten, aber irgendwann hat es angefangen zu schneien, und wir sind zu Fabian nach Hause gegangen. Wir hängen oft bei ihm ab, wenn wir nichts Besseres vorhaben. Er hat am meisten Platz und eine Konsole im Zimmer.

»Zurück zu dir«, sagt Fabian und legt mir die Hand auf die Schulter. »Was ist denn das Problem bei dir und Mats eigentlich? Lässt sie dich nicht ran? Kriegst du ihn nicht hoch? Oder was ist da los?«

Ich seufze. War ja klar, dass ich so einfach nicht davonkomme.

»Diggie«, sagt Fabian. »Mir kannst du es doch erzählen.«

Kann ich nicht, denke ich. Ein einziges Mal habe ich den Fehler gemacht und mit Fabian über ein Mädchen geredet, in die ich damals verknallt war. Es hat damit geendet, dass er das

Mädchen an einer Party angesprochen und mit ihr geschlafen hat. Es ist schon zwei Jahre her, und ich bin drüber weg, aber ich werde ganz bestimmt nicht nochmal so dumm sein und Fabian von Dingen erzählen, die mir etwas bedeuten. Vor allem nicht, wenn es mit Mädchen zu tun hat. Was dieses Thema betrifft, ist Fabian völlig unzurechnungsfähig. Ich weiß nicht mehr, wann das angefangen hat, aber seit ein paar Jahren dreht sich in seinem Leben fast alles nur noch um Sex.

Wir waren dreizehn, als wir unseren ersten Porno gesehen haben. Fabian hatte ihn im Internet runtergeladen oder jemand hatte ihm den Link geschickt, ich erinnere mich nicht daran. Es war ein ziemlicher hardcore Porno. Keine Story oder so, direkt rein, Nahaufnahme von Frauengesicht und Schwanz, so fängt es ja meistens an. Klassischer Aufbau im Hetero-Porno: Mann und Frau im Bett, er fasst bisschen ihre Brüste an und ganz kurz vielleicht auch zwischen ihre Beine, davon wird sie direkt so heiß, dass sie ihm unbedingt einen blasen muss, und zwar ungefähr hundert Jahre lang, dann bumst er sie und am Ende spritzt er sein Sperma in ihr Gesicht oder auf ihre Brüste.

Mats hat gesagt, wenn ich jemals auf die Idee kommen sollte, ihr mein Sperma ins Gesicht zu spritzen, könnte ich sicher sein, dass sie mit einer ihrer Körperflüssigkeiten kontern würde. Ein einziges Mal hat sie versuchsweise mein Sperma runtergeschluckt, aber sie fand es so eklig, dass sie fast gekotzt hätte. Fabian erzählt immer, wie geil er es findet, einem Mädchen in den Mund zu spritzen. Keine Ahnung, ob Mats die Ausnahme ist und die meisten anderen Mädchen leidenschaftlich gern Sperma schlucken. Aber ich könnte das nicht machen, ohne das Mädchen vorher zu fragen. Fabian versteht solche Sachen nicht. Deswegen rede ich nicht mit ihm darüber.

Wir haben damals noch viele andere Pornos zusammen angeschaut. Manchmal habe ich den Ton abgestellt und mit verstellter Stimme Dialoge erfunden, in denen sich die Pornoleute über das Wetter und ihre Rückenprobleme unterhielten, während sie hart miteinander bumsten. Fabian hat sich immer kaputtgelacht, wenn ich das gemacht habe, aber in Wirklichkeit hat er das alles ziemlich ernstgenommen. Für ihn waren Pornos glaube ich eine Art Anleitung, manchmal hab ich ihn von der Seite angeschaut und richtig gesehen, wie er sich innerlich Notizen machte. Wahrscheinlich hat er heute genauso Sex, nach original Porno-Skript, ich kann mir das ehrlich gesagt bildlicher vorstellen, als ich eigentlich möchte.

»Du solltest anfangen, mit mir darüber zu reden«, sagt Fabian und nimmt einen Schluck von seinem Bier. »Wenn irgendjemand weiß, wie man es einem Mädchen besorgt, dann ich, oder?«

»Wo er recht hat, hat er recht«, sagt Veton.

»Absolut«, brummt Kevin.

»Ey Fabs«, ruft Jason. »Zeigst du uns mal wieder dein schwarzes Buch?«

»Geht nicht«, antwortet Fabian. »Es ist weg.«

»Wie, weg?«, fragt Jason.

»Ich glaub, meine Mutter hat es gefunden und entsorgt«, sagt Fabian.

»Boah, was?!«, ruft Veton. »Wie mies! Das schwarze Buch war Legende!«

»Yep«, sagt Fabian. »Richtig mies.«

Ich muss mich anstrengen, um mein Grinsen zu unterdrücken. Fabians schwarzes Buch ist ein kleines Heft, in das er alle Mädchen einträgt, mit denen er etwas gehabt hat, Name, Datum, wo, wie und was genau. Die Buchhaltung seiner sexuellen Erfahrungen sozusagen. Jedes Mal, wenn er einen neuen Eintrag macht, zeigt er uns das Heft, es ist sein ganzer Stolz. Beziehungsweise, es war sein ganzer Stolz. Denn seit Kurzem ist es verschwunden. Dass seine Mutter es entsorgt hat, ist allerdings Schwachsinn. Fabians Eltern interessieren sich nur für sich selbst. Die Wahrscheinlichkeit, dass seine Mutter ihren Cocktail auf der Terrasse stehen lässt, um das Zimmer ihres Sohns zu durchsuchen, geht gegen Null. Zufällig weiß ich, dass Melek Yilmazer das Heft hat. Sie ist die beste Freundin von Mats und die Chefredakteurin der Schulzeitung am Gymnasium. Es ist mir schleierhaft, wie Melek an das Heft herangekommen ist, sie ist absolut nicht Fabians Typ und war sicher noch nicht bei ihm zu Hause. Mats hat mir erzählt, dass sie überlegt, einen Artikel für die Schulzeitung darüber zu schreiben. Aber das werde ich Fabian sicher nicht verraten. Nicht nur, weil ich es Mats versprochen habe. Auch, weil ich finde, dass es Fabian nicht schaden könnte, wenn ihm mal jemand richtig die Meinung sagt.

»Ich hab vier Theorien, was bei dir und Mats los ist«, sagt Fabian. »Willst du sie hören?«

»Nein danke«, sage ich und stehe auf, um mir aus dem Kühlschrank etwas zu trinken zu holen. Hinter mir höre ich Fabian lachen.

»Erste Theorie«, sagt er zu den anderen. »Mats hat Scheidenkrampf.«

»Bro, was?«, fragt Veton und lacht. »Scheidenkrampf?«

»Das gibt's«, antwortet Fabian. »Dann ist es so eng, dass nichts reingeht.«

Veton, Kevin und Jason lachen. Ich stehe vor der offenen Kühlschranktür und tue so, als könnte ich mich nicht entscheiden. Dabei gibt es eigentlich nur zwei Optionen. Bier oder Energydrink. Der Kühlschrank in Fabians Zimmer ist immer vollgestopft mit Red Bull und Heineken. Ganz hinten im obersten Fach finde ich eine einsame Coladose.

»Zweite Theorie: Mit seinem Schwanz stimmt irgendwas nicht. Er kriegt ihn nicht hoch. Oder er ist so groß, dass die Kondome immer kaputtgehen. Oder so klein, dass er immer rausrutscht.« Wieder lachen die anderen. »Dritte Theorie: Mats ist religiös und will nicht vor der Ehe. Oder vierte Theorie: Der Sex ist schlecht. So schlecht, dass Mats überlegt, mit ihm Schluss zu machen, und er sich schämt, mit uns darüber zu reden.«

Ich drehe mich um und gucke Fabian an.

»Was genau ist eigentlich kaputt bei dir?«, frage ich. »Ich hab gesagt, ich will nicht darüber reden. Das ist nicht so schwierig zu verstehen, oder?«

Veton, Jason und Kevin sehen zwischen uns hin und her als hätten sie einen Wackelkontakt. Sie würden sich nie trauen, Fabian direkt zu widersprechen. Für sie ist er sowas wie ein Halbgott. Ist nicht weiter verwunderlich, er erfüllt die üblichen Kriterien für ein Halbgott-Dasein in der Provinz. Er ist blond und groß, hat reiche Eltern und einen eigenen Kühlschrank im Zimmer. Im Sommer fährt er zum Surfen ans Meer, kommt braungebrannt zurück und redet bis zu den Weihnachtsferien von Beachbreak und Swell, was niemanden interessiert und was trotzdem alle bewundern.

»Anyway«, sagt Fabian unbeeindruckt. »Irgendwas ist los bei dir und Mats. Sonst hättest du schon längst mit uns darüber geredet.« Er trinkt sein Bier aus und drückt die Dose mit der Hand zusammen. »Und deine Freundin ist wirklich süß. So ein Mädchen sollte jemanden haben, der es ihr ordentlich besorgt, oder nicht? Von mir aus kannst du ihr meine Nummer geben. Ich würd's für dich machen. Du bist mein Freund.«

Er lacht, Veton und die anderen lachen ebenfalls.

»Wenn du glaubst, dass Mats sich auf dich einlassen würde, lebst du in einer seltsamen Parallelwelt«, sage ich ruhig und setze mich mit meiner Coladose auf den Stuhl, der vor dem Schreibtisch steht.

»Du bringst es ja anscheinend nicht«, sagt Fabian. »Wer weiß wie verzweifelt sie schon ist.«

»Keine Sorge«, sage ich. »Mats kann sich nicht beschweren. Gestern ist sie sogar zweimal gekommen.«

Die Worte kommen einfach aus meinem Mund, ich will sie sofort wieder zurückholen, aber das geht nicht mehr. Fabian stößt die Faust in die Luft und gibt eine Art Triumphgeheul von sich, einen Moment lang sieht er aus wie ein Gorilla. Ich bereue so sehr, was ich gerade gesagt habe, ich glaube, ich habe noch nie etwas so bereut.

»Ich wusste es!«, schreit Fabian. »Ich hab's gewusst! Du bist so ein Fruchtzwerg. Bei uns immer auf Virgin machen, aber hintenrum bumst du sie wahrscheinlich schon seit Monaten. Ich wette, ihr habt den heftigsten Sex von uns allen. Diggie, ich wusste es!«

Er steht auf und haut mir so fest auf die Schulter, dass ich zusammenzucke.

»Vor ein paar Minuten hast du noch behauptet, dass bei uns etwas nicht stimmt«, sage ich, aber Fabian ignoriert mich komplett.

»Zweimal hintereinander?!«, schreit er. »Du hast es ihr zweimal hintereinander besorgt?! Das hab noch nicht mal ich geschafft. Wie hast du das gemacht? Rück mal raus mit deinem Fachwissen, du kleiner Frauenversteher.«

»Vergiss es«, sage ich. »Ich werd gar nichts mehr sagen. Ich hab eh schon zu viel gesagt. Lass einfach bisschen zocken, so wie immer.«

Ich nehme die Fernbedienung, die auf dem kleinen Tisch neben dem Sofa liegt und schalte den Flachbildschirm und die Playstation an. Fabian redet noch ein bisschen auf mich ein, aber ich reagiere nicht mehr darauf, sondern drücke ihm einen Controller in die Hand und dann fangen wir an, *The Last of Us* zu zocken. Als wir in das erste Haus reingehen, hält Fabian endlich seine Klappe, und wir beschäftigen uns für den Rest des Abends nur noch damit, pilzinfizierte Mutant:innen abzuschlachten.

***

In dieser Nacht kann ich nicht einschlafen. Mats geht auf dieselbe Schule wie Fabian. Sie werden sich morgen auf jeden Fall begegnen, das Gymi ist nicht sehr groß. Ich beiße vor Wut in meine Bettdecke, bis sie ganz nass ist. Warum habe ich mich von Fabian provozieren lassen? Warum habe ich das gesagt? Fabian wird Mats darauf ansprechen. Sowas lässt er sich nicht nehmen. Bei der ersten Gelegenheit macht er einen Spruch, das ist mir vollkommen klar. *Ey Mats, hab gehört, du gehst im Bett ab wie eine Rakete!* Irgend so etwas wird er, sobald er sie sieht, über den Schulhof oder durch den Gang brüllen, so laut, dass alle es hören können. Mats wird im ersten Moment irritiert sein, dann wird sie wahrscheinlich rot, sie wird immer rot. Fabian wird noch was nachlegen, im schlimmsten Fall ruft er sowas wie: *Jaja, Milad hat uns gestern von deinen multiplen Orgasmen erzählt!!* Für ihn ist das einfach lustig, er hat überhaupt keine Ahnung, was für mich auf dem Spiel steht. Er war noch nie verliebt. Nicht so, wie ich in Mats verliebt bin.

Als ich vor einem halben Jahr das erste Mal mit ihr geschlafen habe, war ich völlig überfordert. Sie nackt zu sehen, ihre Haut, ihr Geruch und so weiter, es war einfach zu viel auf einmal. Ich bin in sie rein und quasi direkt gekommen. Es hat nicht mal eine Minute gedauert, ich hab mich so geschämt.

An dem Abend bin ich nach Hause gegangen und habe angefangen, mich zu informieren, kein Pornozeug, seriöse Recherche, weibliche Anatomie und so weiter. Ich wollte es Mats nicht

»besorgen«. Ich wollte wissen, wie ein Mädchenkörper funktioniert und was ich machen kann, damit es ihr gefällt. Als ich Mats zwei Tage später wiedergesehen habe, hatte ich Notizen für einen abendfüllenden Vortrag in meinem Handy. Mats hat sich das fünf Minuten lang angehört, dann hat sie mir das Handy aus der Hand genommen und mich geküsst.

»Du bist süß«, hat sie gesagt. »Aber wir müssen das einfach ausprobieren. Wir haben ja grad erst damit angefangen, ist doch klar, dass wir noch nicht wissen, wie es geht.«

Mats ist wirklich das tollste Mädchen der Welt. Mit ihr ist alles gut, auch wenn es mal gar nicht gut ist. Manchmal liegen wir den ganzen Abend im Bett und reden über irgendwas. Manchmal gucken wir Netflix. Manchmal backen wir Kuchen. Manchmal streiten wir. Manchmal weint sie. Manchmal auch ich. Manchmal gehen wir schwimmen oder ins Kino. Manchmal will sie mir die Fingernägel lackieren und schafft es am Ende tatsächlich immer, mich zu überreden. Manchmal laufen wir rum. Manchmal gehen wir malen. Manchmal drehen wir TikTok-Videos und veröffentlichen sie doch nicht. Manchmal gucke ich ihr beim Hausaufgabenmachen zu. Manchmal erfinden wir schlechte Witze. Und manchmal haben wir Sex. In letzter Zeit haben wir ehrlich gesagt ziemlich oft Sex. Letztes Wochenende war ihre Mutter nicht zu Hause, und wir sind nur vom Bett aufgestanden, um auf Toilette zu gehen oder uns in der Küche irgendwas zum Snacken zu holen. Ich habe nicht gezählt, wie oft wir miteinander geschlafen haben. Weiß auch nicht genau, wie man das zählt. Es gibt hunderttausend Arten, miteinander zu schlafen. Mit den Fingern, mit der Zunge, mit den Genitalien und bestimmt auch mit irgendwelchen Toys, aber an diesem Punkt sind wir noch nicht angekommen. Ich kenne den Körper von Mats mittlerweile so gut. Ich weiß, wie er sich anfühlt, wenn er ganz weich und entspannt ist und wie er sich verändert, wenn ihre Muskeln sich anspannen, wenn sie kurz vor dem Orgasmus ist, wenn sie kommt, wenn sie loslässt und wieder ganz weich wird. Ich liebe alles daran. Mit ihr nackt unter der Bettdecke zu sein, ist das beste Gefühl von allen. Bei Fabian und den anderen klingt Sex oft nach etwas Schäbigem. Brutal und eklig auch. Und nach etwas, das man nur heimlich tun sollte. Natürlich will ich nicht, dass Mats und mir jemand dabei zuguckt. Aber nichts daran ist schäbig oder brutal oder eklig. Es ist einfach nur schön.

Wenn Mats mit mir Schluss macht, weiß ich nicht, was ich tun soll. Ich muss mir das nur vorstellen und mir wird ganz anders. Vielleicht macht sie nicht direkt Schluss, wenn sie erfährt, was ich Fabian und den anderen heute Abend gesagt habe. Aber dass sie ziemlich sauer sein wird, ist garantiert. Sie kann Fabian überhaupt nicht leiden. Sie sagt, er ist ein Player.

Ich beschließe, dass ich mit ihr reden muss, bevor Fabian es tut. Morgen früh werde ich mit dem Fahrrad zu ihr fahren, ich werde bei ihr sein, noch bevor sie in die Schule geht, und ich werde ihr alles erklären. Das ist die einzige Möglichkeit. Ich greife nach dem Handy auf meinem Nachttisch, um den Wecker zu stellen, aber gerade als ich es entsperren will, klopft jemand an meine Fensterscheibe. Vor Schreck fällt mir das Handy aus der Hand, es landet mit einem dumpfen Geräusch auf dem Fußboden. Ich gehe zum Fenster und schaue vorsichtig durch einen Spalt im Vorhang nach draußen. Es ist Fabian. Er steht mit hochgezogener Hoodiekapuze vor meinem Fenster in unserem Vorgarten, wie der heimliche Liebhaber in einem schlechten Film. Ich schiebe den Vorhang zur Seite und mache das Fenster auf.

»Was machst du denn hier?«, sage ich.

»Sorry, ich weiß, es ist spät«, flüstert Fabian. »Aber kann ich reinkommen?«

Ich trete zur Seite und Fabian klettert vorsichtig durch das Fenster in mein Zimmer. Er zieht sogar seine Schuhe aus und stellt sie auf das Fensterbrett, damit er meinen Teppich nicht dreckig macht. Ich sehe ihm irritiert dabei zu, es ist ungewöhnlich, dass Fabian sich so umsichtig gibt. Es kommt öfter vor, dass er, wenn ihm langweilig ist oder seine Eltern wieder mal streiten, ohne Ankündigung bei mir auftaucht. Normalerweise schmeißt er sich dann aber einfach auf mein Bett und fängt an, irgendwas zu labern, blättert ungefragt meine Zeichenbücher durch oder frisst meine Snacks, wenn ich welche im Zimmer habe.

»Ist irgendwas los?«, frage ich.

Fabian setzt sich auf meine Bettkante und zuckt die Schultern. Dann fährt er sich mit den Händen durch die Haare und seufzt. Er benimmt sich wirklich höchst seltsam. Ich setze mich auf meinen Schreibtischstuhl und gucke ihn erwartungsvoll an.

»Scheiße«, sagt Fabian. »Ich komm mir so blöd vor. Aber ich muss dich was fragen.«

»Okay«, sage ich.

»Der Punkt ist«, sagt Fabian und guckt dabei nicht mich, sondern meinen Teppichboden an. »Hast es wirklich geschafft, dass Mats zweimal hintereinander zum Orgasmus gekommen ist?«

Fast fange ich laut an zu lachen. Daher weht der Wind also. Aber das kann er vergessen. Ich lehne mich in meinem Stuhl zurück und verschränke die Arme vor der Brust.

»Das geht dich nichts an«, stelle ich klar. »Das ist eine Sache zwischen mir und Mats.«

»Ja, schon okay«, sagt Fabian. »Ich find's ja auch gut, dass du so bist. Ehrlich«, fügt er hinzu, als ich belustigt die Augenbrauen nach oben ziehe.

»Genau«, sage ich. »Deswegen hast du mich vorhin vor den anderen auch so belabert.«

»Vor den anderen ist was anderes«, sagt Fabian. »Das weißt du.«

»Aha«, mache ich.

»Es ist so«, sagt Fabian und senkt seinen Blick wieder Richtung Teppichboden. »Ich hab nach der Weihnachtsgala ein Mädchen mit nach Hause genommen. Wir kennen uns von der Schule, aber sie hat mich nicht interessiert bis jetzt. Wir sind irgendwie von anderen Planeten, verstehst du? Passt eigentlich nicht zusammen. Aber nach der Weihnachtsgala haben wir angefangen zu quatschen, und sie ist superwitzig und schlagfertig und keine Ahnung, irgendwie steh ich drauf, wenn Mädchen so sind.«

»Okay«, unterbreche ich Fabian ein bisschen ungeduldig. »Und dann?«

»Dann sind wir zu mir nach Hause.«

»Und?«

»Es war anders als sonst«, sagt Fabian. »SIE war anders. Keine Ahnung, das klingt vielleicht bescheuert, aber ich bin es halt gewöhnt, dass es den Ladies gefällt, was ich mache. Das sagen sie mir, und sie stöhnen auch und so. Aber dieses Mädchen … Ich streichle sie zwischen ihren Beinen, sie liegt da und guckt mich an. *Was glaubst du eigentlich, was du da machst?*, fragt sie irgendwann. Ich war so überrascht, ich glaub, ich hab nur sowas gesagt wie: *Äh?!* Dann hat sie mich schon auf den Rücken gedreht und hat angefangen, mich anzufassen. Aber wie, Diggie. Mich hat noch nie ein Mädchen so angefasst. Gleichzeitig hat sie sich selbst angefasst. Ab und zu hab ich auch immer wieder probiert, sie anzufassen, aber jedes Mal hat sie meine Hand wieder weggeschoben und gesagt: *Lass mich das lieber selbst machen.* Irgendwann ist sie gekommen und kurz danach auch ich. Ich war absolut geflasht, ich konnte erstmal überhaupt nicht reden, so geflasht war ich. Ich bin aufgestanden und auf Toilette gegangen und als ich zurückkomme, liegt sie auf dem Bett und sagt: *Wow.* Ich leg mich neben sie und sag: *Ja, ich fands auch mega. Wollen wir es gleich nochmal machen?* Und sie so: *Nee, ich meinte eher – WOW, war das schlecht.* Ich hab überhaupt nicht gewusst, was ich sagen soll. Ich meine, verstehst du, so hat noch nie ein Mädchen mit mir geredet! Sie steht auf und zieht sich an und sagt, sie hätte mehr erwartet von jemandem, der angeblich schon mit fast allen Mädchen der Stadt geschlafen hat. Aber wahrscheinlich seien das ja sowieso nur Gerüchte und ich hätte gar nicht so viel Erfahrung, was ja auch in Ordnung sei, sie hätte sich einfach mehr davon versprochen – und so weiter, sie hört gar nicht auf, mich fertig zu machen! Dann ist sie angezogen und sagt: *Wir sehen uns in der Schule, oder so.* Das ist eigentlich mein Text, denke ich, aber da ist sie schon aus dem Zimmer, und ich lieg da und bin vollkommen platt. Und seitdem kann ich an nichts anderes mehr denken. Ich meine, was, wenn sie die Erste war, die mir die Wahrheit gesagt hat? Wenn alle anderen Mädchen es genauso schlecht fanden wie sie? Wenn sie nur so getan haben, als hätte es ihnen gefallen? Vielleicht hat noch kein einziges Mädchen bei mir einen Orgasmus gehabt? Kann doch sein?«

Er guckt mich an, und er sieht ehrlich verzweifelt aus.

»Bitte«, sagt er. »Ich brauch deine Hilfe. Du musst mir sagen, wie du das machst. Ich will das lernen. Und dann zeig ich's ihr. Ich werd's ihr sowas von zeigen. Ich lad sie zu mir nach Hause ein und mach ihr sowas von gute Gefühle, und sie wird sowas von einsehen, dass sie sich getäuscht hat in mir.«

Er ballt die Fäuste und schlägt sie auf seine Oberschenkel. Es fehlt nicht viel, und ich fange an zu lachen.

»Das ist doch kein Wettbewerb«, sage ich.

»Okay«, sagt Fabian. »Sagst du es mir trotzdem?«

Ich grinse und beuge mich zu ihm nach vorne. »Du magst sie, oder?«

»Wen?«, fragt Fabian betont ahnungslos.

Er spielt so schlecht, dass ich jetzt wirklich lachen muss.

»Du magst sie«, sage ich und tätschle ihm leicht die Wange. »Wer hätte das gedacht.«

»Kann sein«, gibt Fabian zu und wird tatsächlich ein bisschen rot. »Aber wehe du sagst es irgendjemandem.«

»Keine Sorge.«

»Und?«

»Was und?«

»Sagst du mir jetzt, wie du das machst? Wenn du Mats … weißt schon?«

Ich drehe mich zu meinem Schreibtisch um, nehme einen Zeichenblock und einen Bleistift.

»Okay«, sage ich und drücke Fabian Block und Stift in die Hand. »Mal mir da mal eine Klitoris hin.«

»Easy«, sagt Fabian.

Er nimmt den Bleistift und zeichnet mit schnellen Strichen eine Vulva auf das Blatt, mit kleinen Vulvalippen, großen Vulvalippen, Vagina-Öffnung und oben einen kleinen Kreis für die Klitoriseichel.

»Eigentlich meinte ich Klitoris, nicht Vulva«, sage ich.

»Ja«, sagt Fabian und zeigt mit der Bleistiftspitze auf den kleinen Kreis. »Das hier ist ja die Klitoris.«

»Alles klar«, sage ich und nicke. »Ich wollte nur wissen, ob wir wirklich bei null anfangen müssen.«

»Hä?«, macht Fabian.

»Okay, nullkommafünf.« Ich grinse und nehme ihm den Block aus der Hand. »Aber weißt du was, für heute bin ich zu müde. Geh mal nach Hause und gib für den Anfang Klitoris bei Wikipedia ein. Wenn dich das wirklich interessiert. Und dann reden wir morgen.«

»Ja«, sagt Fabian und steht auf. »Klar, versteh ich.«

Er hält mir die Hand hin, ich schlage ein, er zieht mich an sich heran und hält mich einen Moment lang fest. »Danke, Mann.«

»Okay, okay«, sage ich und schiebe ihn Richtung Fenster. »Und jetzt raus hier, Romeo.«

Fabian nimmt seine Schuhe vom Fensterbrett und schlüpft hinein, bevor er runter auf das zertrampelte Stückchen Gras springt, das sich unter meinem Fenster befindet. Früher hat meine Mutter dort ein Blumenbeet angelegt, aber das hat sie schon lange aufgegeben. Meine Freunde benutzen nie die Haustüre, wenn sie mich besuchen wollen, sie kommen immer nur durch das Fenster.

»Wikipedia, hast du gesagt?«, sagt Fabian und dreht sich nochmal zu mir um.

»Ja«, sage ich. »Zum Beispiel. Aber du kannst ihr auch einfach sagen, dass du sie magst und sie fragen, was ihr gefällt.«

»Ich glaub, ich fang mal mit Wikipedia an«, antwortet Fabian und zieht die Schultern hoch. Es sieht so unbeholfen aus, dass ich grinsen muss.

»Mach das«, sage ich. »Bis morgen.«

Ich schließe das Fenster, ziehe den Vorhang zu und lege mich wieder ins Bett. Fabian wird Mats morgen in der Schule nicht belästigen, da bin ich mir sicher. Ich nehme mein Handy und öffne den Chat mit Mats. *Ich liebe dich*, schreibe ich. Dann kuschle ich mich in meine Bettdecke und schlafe sofort sein.

ZWISCHENSPIEL VIII

Player, der
[Substantiv, maskulin]

Ein Player ist jemand, der mit vielen Jungs oder Mädchen schreibt und auf Dates geht. Er spielt mit Gefühlen, nutzt andere aus und nimmt sie nicht ernst. Dadurch stärkt er sein Ego. In der Regel ist er charmant und kann jede Person dazu bringen, für ihn wegzuschmelzen. Er ist die männliche Version von Aphrodite. Manchmal erkennt man den Player bereits an seinem Aussehen, aber nicht immer. Es gibt viele Gerüchte um den Player und gelegentlich streiten Leute auch wegen ihm.

Ein Player kann auch eine Frau oder eine non-binäre Person sein. Das ist seltener, kommt aber vor.

Melek

0 von 10 Punkten

Meine Schritte hallen durch das Treppenhaus wie eine Kampfansage, man kann sie bestimmt bis ganz nach oben hören, durch alle fünf Stockwerke. Wenn oben bei den Chemiesälen jemand stünde, dann würde er mich jetzt hören. Würde hören, wie ich im Erdgeschoss die Eingangstüre aufgeschlossen und angefangen habe, die Treppen nach oben zu laufen, ACHTUNG LEUTE, HIER KOMMT MELEK YILMAZER AND THIS GIRL IS ON A MISSION.

Vielleicht, denke ich, sind Geräusche lauter, wenn man sie an Orten macht, die man sonst nie still erlebt. Vielleicht ist die Abwesenheit von all den anderen Schritten, die sonst immer dieses Treppenhaus füllen, wie ein Echo, in das meine Schritte reinfallen und von dem sie hundertfach verstärkt werden. Ich war noch nie alleine abends in der Schule, I mean, der Gedanke, dass oben bei den Chemiesälen oder irgendwo in den dunklen Gängen tatsächlich jemand steht und mich kommen hört, ist FUCKING CREEPY. Ich laufe ein bisschen schneller, zwei Stufen auf einmal, bis in den dritten Stock, wo das LEHRERZIMMER ist, mit dem Kopierer im Vorraum.

Das LEHRERZIMMER heißt auch nach dem zweiseitigen Artikel, den ich für die letzte Ausgabe der Schulzeitung geschrieben habe, noch immer LEHRERZIMMER. Der Schulleiter hat nicht einmal darauf reagiert, obwohl ich sehr sicher bin, dass er den Artikel gelesen hat. Die Brödermann, unsere Deutschlehrerin, hat gesagt, ich solle Geduld haben. Alte Mühlen mahlen langsam, hat sie gesagt und mich hat sie INVESTIGATIV genannt. Auf meine Frage, was INVESTIGATIV daran sein soll, auf etwas aufmerksam zu machen, das an den meisten anderen Schulen schon längst Standard ist (nämlich den Pausenraum für Lehrpersonen zum Beispiel als TEAMZIMMER zu bezeichnen, anstatt auf dem GENERISCHEN MASKULINUM zu beharren, wie das heutzutage eigentlich nur noch Leute tun, die entweder AfD wählen oder hinter dem Mond wohnen und noch nie etwas vom Internet gehört haben), wusste die Brödermann dann aber auch keine Antwort. Sie hat mich nur mit offenem Mund angesehen und sich, glaube ich, darüber gewundert, dass ich weiß, was ein generisches Maskulinum ist.

Der Kopierraum ist abgeschlossen, aber als Chefredakteurin der Schulzeitung habe ich einen Schlüssel. Als die Schulsekretärin mir den Schlüssel ausgehändigt hat, habe ich mich noch am selben Abend zusammen mit Mats in die Schule geschlichen, um ihn auszuprobieren. Mindestens eine halbe Stunde lang sind wir durch die Gänge gelaufen und haben den Schlüssel in jedes einzelne Schloss gesteckt, nur um herauszufinden, dass der Schlüssel, literally wie es auf dem Zettel stand, den die Schulsekretärin mich hatte unterschreiben lassen, exakt für zwei Schlösser passt: die Eingangstür der Schule und den Kopierraum. Ich kann jetzt also zu jeder Tages- und Nachtzeit in die Schule kommen und kopieren (KoNFeTTi, kONfeTTi).

Ich hole das Exemplar der neuen Schulzeitung, das ich vorhin zu Hause gelayoutet und ausgedruckt habe, aus meinem Rucksack, und lege es oben in den Kopierer. Es sind acht Seiten, mit den üblichen Rubriken (Veranstaltungsanzeiger, Suche & Biete, Anonyme Grüße), außerdem einem Interview mit der neuen Biologielehrerin und einem TODESLANGWEILIGEN Bericht über die Weihnachtsgala, den eine Neuntklässlerin geschrieben hat, die neu im Redaktionsteam der Schulzeitung ist und sich darum nicht getraut hat, über die wirklich interessanten

Dinge zu schreiben (wie zum Beispiel über das Gerücht, dass der Musiklehrer BETRUNKEN WIE EINE HAUBITZE war, als er die Bigband dirigiert hat oder dass sich an diesem Abend bestimmt HUNDERTACHTUNDZWANZIG neue PAARE gebildet haben, wie das an der Weihnachtsgala immer der Fall ist, vielleicht weil a.) es der HÖHEPUNKT des Schuljahres ist oder b.) weil Weihnachten bestimmte SEHNSÜCHTE auf dieser Ebene weckt oder c.) weil so viel ALKOHOL mitreinschmuggelt wird, dass spätestens um zehn Uhr abends die Hemmschwelle SEHR tief gesunken bis gar nicht mehr vorhanden ist).

Ich hätte den Artikel über die Weihnachtsgala gerne überarbeitet, aber ich habe keine Zeit dafür gehabt, denn in den letzten zwei Wochen habe ich jede Minute für meinen eigenen Artikel gebraucht, der das HIGHLIGHT der neuen Ausgabe ist und meiner Meinung nach der beste, den ich jemals geschrieben habe. Erst wollte ich ihn übertiteln mit: *Unser Schulsprecher, die Sexnull.* Aber das fand ich dann doch zu reißerisch und ein bisschen zu sehr BILD-Zeitung. Außerdem hat Fabian das Amt ja im Sommer abgegeben und ist seit diesem Schuljahr gar nicht mehr Schulsprecher. Also habe ich den Artikel überschrieben mit: *0 von 10 Punkten.* Ich habe mich außerdem im letzten Moment dagegen entschieden, Fabian mit Namen zu nennen. Aber jede Person, die auf diese Schule geht, wird ihn schon nach ein paar Zeilen erkennen:

0 von 10 Punkten

Dieser Text erzählt die Geschichte eines Jungen, der mit allen (wirklich allen) denkbaren Privilegien ausgestattet ist. Er ist weiß, männlich, gutaussehend, reich, blond, sportlich (wollt ihr noch mehr? Er ist auch gut in der Schule und beliebt, er wird jedes Jahr mindestens zum Jahrgangssprecher, wenn nicht sogar zum Schulsprecher gewählt, er hat ein absolut symmetrisches Gesicht und sehr gerade Zähne, bereist die Welt, ach, ich will euch nicht langweilen, HE'S JUST THE PERFECT GUY). Und trotz all dieser Startvorteile (oder gerade deswegen?) benimmt sich dieser Junge wie die allerletzte Arschgeige. Ich wünschte, ich könnte sagen, ich habe diese Geschichte erfunden. Ich wünschte, ich könnte sagen, ich habe mir diesen Jungen ausgedacht, wie eine moderne Version vom Märchenwolf. Der große böse Junge, der Mädchen mit seinen blonden Haaren und seinen blauen Augen in den Hinterhalt lockt, um sie zu fressen. Aber ich habe nichts erfunden, leider. Es gibt diesen Jungen. Es gibt all die Mädchen, die ihm in die Falle gegangen sind. Und es gibt dieses kleine schwarze Heft, in das der Junge jede sexuelle Eroberung eingetragen hat, in ordentlichen Tabellen, wie ein Steuerberater. Das Heft war der ganze Stolz des Jungen. Er hat es all seinen Freunden gezeigt. Bis es eines Tages verschwand und (ooops, wie ist das passsiert?) der Chefredakteurin unserer Schulzeitung in die Hände fiel und sie sofort gewusst hat: Wenn sie darüber nicht schreibt, dann ist sie keine Journalistin …

Natürlich gehe ich mit dem letzten Satz ein Risiko ein. Natürlich werden die Leute erfahren wollen, WIE ICH AN DAS HEFT GEKOMMEN BIN, das, wie anscheinend alle wissen, die mit Fabian befreundet sind, normalerweise immer in seiner Schreibtischschublade liegt. Natürlich besteht die Gefahr, dass Fabian aus Rache anfangen wird zu erzählen. Und dann wird ein Teil der Aufregung auf mich zurückfallen, I know. Manche Leute werden denken, dass ich nur mit Fabian nach Hause bin, um an das Heft zu kommen. ALS WÜRDE ICH FÜR EINE GUTE GESCHICHTE SOGAR MIT JEMANDEM SCHLAFEN. I mean, WTF?! Vielleicht werde ich eine Zeitlang viele böse Blicke einsammeln, wenn ich über den Pausenhof laufe. Aber das gehört dazu. INVESTIGATIV-JOURNALISTINNEN (und ja, liebe Frau Brödermann, hier wäre der Begriff jetzt angebracht) werden nie von allen geliebt, das ist ein Berufsrisiko. Und ich kenne die Wahrheit ja, das muss reichen. Ich weiß ja, dass ich nicht deswegen mit Fabian nach Hause gegangen bin. Sondern, dass ich es am Anfang wirklich lustig fand mit ihm.

Bevor wir uns nach der Weihnachtsgala an der Bushaltestelle begegnet sind, haben wir uns noch nie unterhalten. Ich habe ihn für einen arroganten Schönling-SLASH-Surferboy gehalten, er mich wahrscheinlich für eine übergewichtige Punktussi-SLASH-Freak. Wir hätten, glaube ich, auch an diesem Abend nicht miteinander geredet, wenn a.) der Bus gekommen wäre und b.) wir nicht gerade von der WEIHNACHTSGALA gekommen und beide nicht ordentlich getankt gehabt hätten.

Ich weiß noch, wie sehr ich mich darüber gewundert habe, dass Fabian ALLEINE nach Hause fährt. Normalerweise schleppt er an jeder Weihnachtsgala ein Mädchen ab, letztes Jahr war es, soweit ich mich erinnere, Alex. Und ich weiß auch noch, dass das der erste Satz war, den ich zu ihm gesagt habe.

»Na?«, habe ich gesagt. »Heute ausnahmsweise mal keine abgekriegt?«

Das ist natürlich kein besonders geistreicher Satz (ich gebe zu Bedenken, dass ich sehr viel Sekt, gefolgt von Wodka-Brause-Shots und ein paar Schlucken aus einer PET-Flasche mit einer dubiosen, azurblauen Mischung getrunken hatte), aber Fabian lachte trotzdem darüber. Er antwortete etwas, das ich vergessen habe, und ich antwortete zurück und so weiter, und weil der Bus nicht kam, setzten wir uns irgendwann nebeneinander auf die Bank in dem Bushaltestellenhäuschen, und es war lustig, es war wirklich lustig, ich weiß noch, dass ich dachte: ICH HÄTTE NIEMALS GEDACHT, DASS DIESER TYP SO LUSTIG IST.

Der Bus war auch nach einer halben Stunde noch nicht da, und als wir auf den Fahrplan guckten, merkten wir, dass der letzte Bus schon längst abgefahren war. Und dann stellten wir fest, dass wir, weil wir beide ungefähr gleichzeitig an der Bushaltestelle angekommen waren, einfach ohne auf den Plan zu sehen angenommen hatten, der Bus würde demnächst kommen, da ja noch eine andere Person an der Haltestelle auf ihn wartete.

Darüber mussten wir so sehr lachen, dass ich mir in die Hose machte, LITERALLY in die Hose machte, nur ein bisschen, nur ein paar Tropfen, aber trotzdem. Ich war SEHR betrunken und meine Blase war SEHR voll. Ich ging ins Gebüsch, um zu pinkeln, und Fabian wartete auf mich, und als ich wieder zurückkam, küssten wir uns. Es passierte einfach, und es war in Ordnung, dass es passierte. Ich mag KÜSSEN. Und ich mag SEX. Ich hätte nie gedacht, dass ich das mal mit Fabian machen würde. Aber manchmal passieren eben Dinge, die man nicht erwartet.

Der Kopierer rattert und macht einen Höllenlärm. Ich nehme den ersten Stapel fertig kopierter und gehefteter Schulzeitungen aus dem Ausgabefach und lege ihn auf den Tisch neben dem Kopierer. Dann gehe ich auf den Gang hinaus und lausche. Außer den Geräuschen, die der Kopierer von sich gibt, ist nichts zu hören. Weil es mich nervös macht, neben dem Kopierer zu stehen und zu warten, laufe ich den Gang auf und ab. Das Treppenhaus ist immer noch so still und verlassen wie vorhin, die ganze Schule scheint still und verlassen zu sein. Auch im LEHRERZIMMER ist niemand mehr, die Tür ist abgeschlossen. Dabei ist es gerade mal sieben Uhr. Ich hätte die Schulzeitungen auch morgen kopieren können, aber tagsüber ist der Kopierer oft belegt oder es gibt Papierstau. Außerdem kann ich es kaum erwarten, die Zeitung in Umlauf zu bringen. Morgen, wenn die ersten Schüler:innen kommen, wird sie bereits in der ganzen Schule ausliegen. Die Kinder aus den unteren Klassen werden den Artikel vielleicht noch nicht verstehen. Aber ab der achten und aufwärts wird mein Text morgen DAS GESPRÄCHSTHEMA NUMMER EINS sein, da bin ich mir sicher. Die Leute werden in den Gängen darüber reden, auf dem Pausenhof, in der Umkleidekabine. Für Fabian wird das ein Spießrutenlauf morgen, er tut mir fast ein bisschen leid.

Der Sex mit ihm war nicht besonders gut, aber deshalb habe ich den Text natürlich nicht geschrieben. Ich habe vor Fabian schon mit drei anderen Jungs geschlafen, und sie waren am Anfang alle nicht der Wahnsinn. I mean, keiner von ihnen hat gewusst, wie man ein Mädchen anfasst, bevor ich es ihnen gezeigt habe. Normal, ich hab früher auch gedacht, BLASEN bedeutet, dass man einen Penis mit Luft anpustet. Solche Dinge weiß man ja nicht einfach so, irgendwie muss man halt an diese Informationen kommen. Fabian zieht seine Informationen vor allem aus billigem Porno. Ich habe selbst schon oft genug billigen Porno geschaut, um das zu merken. Billiger Porno kann lustig sein. Aber wenn ein Typ ERNSTHAFT erwartet, dass ein Mädchen sofort anfängt, wie ein DURACELL-HÄSCHEN zu stöhnen, bloß weil er mit seinen schwitzigen Fingern ein bisschen in ihrer Unterhose herum grabbelt, dann guckt er 100PRO zu viel von dem Zeug. Auch meine Intimbehaarung hat ihn völlig aus dem Konzept gebracht.

»Du hast ja Haare«, hat er gesagt, mindestens dreimal hat er das gesagt, es klang nicht angewidert, sondern überrascht.

»Ja«, habe ich geantwortet. »Ich habe Haare.«

I mean, in meiner Klasse rasieren sich fast ALLE Mädchen, entweder KOMPLETT oder sie lassen ein paar Haare für den sogenannten LANDING STRIP stehen. Ich habe das eine Weile lang auch gemacht, aber a.) finde ich, dass ich rasiert aussehe wie ein dickes KLEINKIND und b.) hat mich das Rasieren OHNE ENDE GENERVT. Spätestens wenn ich zwei Tage nicht nachrasiert habe, hat es so UNERTRÄGLICH angefangen zu jucken, dass ich in der Schule manchmal nur noch auf der Stuhlkante gesessen habe, weil ich es sonst nicht ausgehalten hätte. Ich finde unrasiert passt besser zu mir als Person, stress- und looktechnisch, ich bin einfach die mit den Haaren, OKAY CHILL, JA, ICH HABE HAARE. Ich wiege auch mehr als die meisten Mädchen, und ich fühl mich 100PRO wohl damit, BELIEVE IT OR NOT.

Ich glaube, insgeheim ist Fabian darauf abgefahren, sowohl auf meine Intimbehaarung als auch auf meinen Hüftspeck, ich bin mir sogar ziemlich sicher, dass er darauf abgefahren ist, sowas merkt frau ja. Aber NEVER EVER würde er das öffentlich zugeben. Das war mir schon in dem Moment klar, als ich mit ihm geschlafen habe. Und das an sich wäre ja auch KEIN PROBLEM gewesen. Es hätte mich WIRKLICH NICHT GEKRATZT, wenn ich an diesem Abend nach Hause gegangen wäre und die ganze Episode eine NETTE KLEINE ERINNERUNG geworden wäre, die Fabian und ich heimlich miteinander geteilt hätten. I mean, der Sex war nicht der Bringer, aber SOWAS KOMMT VOR. Es war trotzdem eine lustige Nacht. Wir haben uns gut verstanden, ich habe mich wohlgefühlt, ich habe selbst für meinen Orgasmus gesorgt, er ist auch gekommen, SO WHAT, warum groß weiter darüber nachdenken?! Vielleicht hätten wir uns manchmal angegrinst, wenn wir uns in der Schule auf dem Gang begegnet wären und MEHR WÄRE NICHT PASSIERT.

Aber dann ist Fabian nach dem Sex auf die Toilette verschwunden und ich habe DAS HEFT auf seinem Nachttisch gesehen. Von Mats (die es wiederum von ihrem Boyfriend weiß) habe ich später erfahren, dass Fabian das Heft sonst immer in seiner Schreibtischschublade aufbewahrt. Vielleicht hatte er es gerade jemandem gezeigt oder einen neuen Eintrag gemacht und vergessen, es zurückzulegen. Ganz sicher hat er nicht gewollt, dass ICH das Heft zu sehen bekomme. Ich habe es aufgeschlagen und DAS KALTE KOTZEN bekommen. Mein erster Gedanke und quasi erster Grund, warum ich das Heft in meine Tasche eingesteckt habe, war: ICH WILL AUF KEINEN FALL VON FABIAN IN DIESE EKELHAFTE TABELLE EINGETRAGEN WERDEN. Erst mein zweiter Gedanke, ein paar Tage später, als sich das alles ein bisschen sortiert hatte in meinem Kopf, war, dass ich darüber einen Artikel für die Schulzeitung schreiben möchte.

Ich gehe zurück in den Kopierraum. Der Kopierer rattert noch immer, aber etwa die Hälfte der 500 Exemplare hat er bereits ausgespuckt. Um etwas zu tun, beschließe ich, schon mit dem Verteilen anzufangen. Ich nehme einen Stapel, laufe nach unten in die Cafeteria und verteile die Zeitungen auf den Tischen. Direkt neben der Cafeteria liegt der Oberstufenraum. Ich drücke versuchsweise die Klinke, es ist offen. Der Oberstufenraum ist eigentlich noch VERBOTENE ZONE für mich. Vor der Zwölften darf da niemand rein, weshalb wir schon unsere ganze Schulzeit lang denken, dass GEHEIME UND SEHR BESONDERE DINGE in diesem Raum passieren. Wenn wir uns nächstes Jahr selbst auf die zerfledderten Sofas schmeißen dürfen, werden wir wahrscheinlich merken, dass nichts von der Magie, die wir dem Oberstufenraum jahrelang angedichtet haben, sich erfüllen wird, das ahne ich schon jetzt und trotzdem klopft mein Herz, als ich in den Raum hineingehe. Ich lege gerade ein paar Schulzeitungen auf dem Tisch aus, der zwischen den Sofas steht, als ich eine Nachricht von Mats bekomme.

Hey!
Ich bin grad mit Milad
Er sagt, Fabian hat sich verknallt!!!!
Er weiß nicht, in wen
Aber girl: you will destroy this guy!!!

Darunter ein Lachsmiley und ein Pistolen-Emoji. Mit dem Handy in der Hand lasse ich mich auf eines der Sofas fallen.

Mats hat keine Ahnung, dass ich was mit Fabian gehabt habe. Obwohl sie meine beste Freundin ist und eigentlich ALLES von mir weiß. Ich habe behauptet, dass ich das Heft in der Schule gefunden habe, und sie hat es mir geglaubt. Es war mir peinlich, ihr zu sagen, dass ich mit dem GRÖSSTEN PLAYER der Stadt nach Hause gegangen bin. Und wenn ich ganz ehrlich bin, dann ist es mir vor allem peinlich, weil ich ihn irgendwie mochte. Bis zu dem Zeitpunkt, als ich das Heft gefunden habe, haben wir uns wirklich gut verstanden. Vielleicht lag es daran, dass mir klar war, dass es eine einmalige Sache ist und einmalige Sachen immer eine Art SCHEISS-DRAUF-ENERGIE freisetzen. Vielleicht lag es aber auch an Fabian. Und das kann ich Mats gegenüber nicht zugeben. Das kann ich ja nicht mal vor mir selbst zugeben. Fabian ist ein Player. Wir mögen ihn nicht. Er nutzt Mädchen aus, um sich ohne jeden Respekt vor ihrer Privatsphäre damit zu profilieren. I mean, er hat sein komisches Heft nicht nur seinen besten Freunden gezeigt, sondern jedem VOLLIDIOTEN, der daran interessiert war. Wer sowas macht, ist einfach ein Arsch. So jemanden darf man nicht mögen.

Ich entsperre mein Telefon und lese die Nachricht von Mats noch einmal. Die Weihnachtsgala ist jetzt DREI WOCHEN her. Seitdem waren Weihnachtsferien und Silvester, Fabian hatte mehr als genug Gelegenheiten, neue Mädchen kennenzulernen und anscheinend hat er sich jetzt in eine von ihnen VERLIEBT. Ich gucke auf die Schulzeitungen, die vor mir auf dem Tisch liegen, und lese den zweiten Absatz meines Artikels auf der Frontseite:

Das Schlimmste an diesem Sex-Heft, das der Junge führte, ist, dass er die Mädchen BEWERTET hat. Er hat nicht nur aufgeschrieben, wie sie heißen, er hat auch aufgelistet, was genau sie gemacht haben und WIE sie es gemacht haben, er hat ihnen PUNKTE gegeben. »Isabella Schmiedauer (Name geändert) / 13. Juli / auf der Burg / bisschen gefingert und geblasen / eher lame, vier Punkte« – so stand das dann zum Beispiel in seinem Heft. Und der größte Witz daran ist, dass der Junge nicht einmal SELBST über außerordentliche Lover-Qualitäten verfügt. Er ist nicht einmal SELBST gut darin, andere Leute zu befriedigen. Keine der Mädchen, die ich für diesen Artikel interviewt habe, hat bei dem Jungen einen Orgasmus gehabt. KEINE EINZIGE. 0 von 10 Punkten. Herzlichen Glückwunsch, Mister Loverlover.

Kein Mädchen mit ein bisschen SELBSTACHTUNG lässt sich noch auf Fabian ein, wenn sie meinen Artikel gelesen hat. Und diese Stadt ist klein. Egal in wen Fabian sich verliebt hat, sie wird auf jeden Fall davon erfahren. Mats hat recht. I will destroy this guy.

Ich muss daran denken, wie wir nach der Weihnachtsgala bei Fabian zu Hause angekommen sind. Es war vier Uhr morgens, ich habe angenommen, dass seine Eltern schlafen und bin sehr vorsichtig hinter ihm die Treppen hochgelaufen.

»Musst dir keine Mühe geben«, hat Fabian gesagt. »Meine Eltern sind auf den Malediven. Sie sind fast nie zu Hause. Ich wohne eigentlich alleine hier.«

Es sollte wahrscheinlich cool klingen. Aber es klang vor allem ziemlich traurig. Andererseits WTF. HÖR AUF, SO ZU DENKEN, MELEK YILMAZER. Das ist so typischer HOLLYWOOD-SCHEISS. Du hast genug Filme gesehen mit genau dieser Storyline. Typ, der sich wie ein Arschloch benimmt, aber eigentlich hat er nur eine beschissene Kindheit gehabt hat, und sein ganzes ARSCHLOCHSEIN ist nur ein SCHUTZPANZER, den er sich zugelegt hat und irgendwann, HAHA, da kommt DIE EINE und knackt den Panzer und heraus kommt ein total lieber Typ and they live happily ever after. DUDE, die meisten Leute haben Probleme in der Kindheit. Ob man ein Arschloch wird oder nicht, ist eine Frage der Entscheidung. So einfach ist das.

Mit diesem Gedanken stehe ich vom Sofa auf und laufe zurück in den dritten Stock. Der Kopierer hat mittlerweile aufgehört zu rattern, ich nehme den Rest der Zeitungen aus dem Ausgabefach und fange an, sie in der ganzen Schule zu verteilen.

Als ich fertig bin, ist es schon fast acht Uhr. Ich schalte den Kopierer aus, verlasse die Schule und mache mich auf den Heimweg. Vor den Häusern am Bahnübergang stehen ein paar Jungs. Mir wird von einer SEKUNDE ZUR ANDEREN kotzübel, als ich sehe, dass Fabian dabei ist. Ich hoffe, dass er mich nicht erkennt, aber er ruft meinen Namen und winkt. Ich winke zurück und überquere, obwohl es ÜBERHAUPT nicht meine Richtung ist, so schnell wie möglich die Eisenbahnschienen. Aus dem Augenwinkel sehe ich, dass Fabian sich aus der Gruppe Jungs löst und anfängt, mir nachzulaufen. Ich beschleunige mein Tempo, aber direkt hinter dem Bahnüberhang gibt es keine Möglichkeit, schnell zu VERSCHWINDEN, da ist nur der Fahrradweg, der zwischen Fluss und Bahntrasse verläuft, rechts und links weder Brücke noch Unterführung. Ein Mann mit Hund kommt mir entgegen und grüßt mich freundlich, ich bin viel zu gestresst, um zu antworten und laufe einfach an ihm vorbei. Hinter mir ruft Fabian erneut meinen Namen, so klar und deutlich, dass ich es nicht mehr ignorieren kann. Wie ANGESCHOSSEN bleibe ich stehen und warte, bis er näherkommt.

»Hey«, sagt er, als er ein bisschen außer Atem vor mir steht. »Wie geht's?«

»Gut«, antworte ich. »Und dir?«

»Auch gut«, antwortet er.

»Cool«, sage ich.

»Ja«, sagt Fabian.

»Na dann«, sage ich. »Sorry, aber ich muss nach Hause, bin eh schon spät dran.«

»Musst du nicht den Bus bei der Post nehmen?«, fragt Fabian.

»Äh«, mache ich. »Doch …«

Aber Fabian scheint gar nicht interessiert an einer weiteren Erklärung zu sein.

»Wollen wir uns mal wieder treffen?«, fragt er und es ist ABSURD, aber ich kann seiner Stimme anhören, dass er aufgeregt ist.

»Hä«, mache ich. »Was?«

»Ich wollte dir eigentlich schreiben«, höre ich Fabian sagen. »Nach der Weihnachtsgala. Ich weiß, dir hat es nicht so gefallen. Aber ich hab gedacht, keine Ahnung, wir waren beide so betrunken, vielleicht, wenn wir es einfach nochmal probieren?«

»Nee«, sage ich. »Glaub eher nicht, sorry.«

»Wir müssen ja auch nicht, du weißt schon …«, murmelt Fabian und sieht an mir vorbei auf den Fluss. »Wir können uns ja auch einfach so treffen. Film gucken, oder so.«

Ich gucke Fabian an, er erwidert meinen Blick und lächelt nervös. Er scheint tatsächlich ernst zu meinen, was er gerade gesagt hat. Es ist VÖLLIG AUSGESCHLOSSEN, dass ich anfange, Fabian zu DATEN. Ich meine, es war lustig mit ihm, und ich mochte ihn bis zu der Sache mit dem Heft irgendwie auch. Allerdings nicht auf eine ROMANTISCHE ART oder so. Er ist überhaupt nicht mein Typ.

In einem anderen Leben wäre das hier vielleicht der Anfang einer wunderbaren Friendship. THE FAT PUNKGIRL UND DER SCHÖNE SURFERBOY, zusammen durch dick und dünn. Aber das hier ist kein anderes Leben und auch kein SCHEISS HOLLYWOODFILM. Das hier ist die Situation, in der Fabian vor mir steht und mich ernsthaft nach einem Date fragt und ich gerade einen Zeitungsartikel geschrieben habe, der sein Leben DESTROYEN wird. Ich nehme meinen Rucksack vom Rücken und hole das Exemplar der Schulzeitung heraus, das ich eigentlich in meinem Archiv zu Hause abheften wollte. Ich drücke es Fabian in die Hand und klopfe ihm auf die Schulter.

Dann drehe ich mich um und gehe davon. Ich höre, wie er mir etwas nachruft, aber ich strecke meinen Rücken, richte mich auf und laufe einfach weiter.

ZWISCHENSPIEL IX

Top 10 der Dinge, die beim Sex schiefgehen können (wenn du es freiwillig machst)

10. *Es passiert ungeplant und du hast die Unterhose mit dem Kackfleck an (oder Löcher in den Socken, seit 3 Tagen nicht geduscht, etc.)*
9. *Das Bett quietscht so laut, dass die Nachbar:innen es hören (und vielleicht sogar mit dem Besenstiel an die Decke klopfen oder dich am nächsten Tag im Treppenhaus komisch angucken)*
8. *Du denkst nur daran, wie du aussiehst (oder an die Mathehausaufgaben, die du noch erledigen musst) und bist überhaupt nicht im Moment*
7. *Du musst furzen*
6. *Die andere Person hat Mundgeruch (oder küsst extrem schlecht)*
5. *Du bist die ganze Zeit kurz vor dem Orgasmus, kommst aber nicht und das frustriert dich (oder es dauert nur 2 Minuten und ist vorbei, bevor du richtig warm geworden bist)*
4. *Deine Eltern kommen ins Zimmer (oder auch weird: dein Hund guckt euch dabei zu)*
3. *Du musst die ganze Zeit an jemand anders denken (und worst case: dir rutscht der andere Name raus, wenn ihr grad voll dabei seid)*
2. *Du magst die Person zwar, aber es ist trotzdem akward und cringe und du hältst einfach durch, anstatt was zu sagen*
1. *Es geht was mit der Verhütung schief (Kondom platzt, Pille vergessen, you name it … und dann der Moment, wenn ihr nebeneinander liegt und denkt: Fuck!!)*

Ari und Tom

A laka mumi mumi

Wir liegen auf Aris Bett und küssen uns. Wir liegen oft auf dem Bett und küssen. Aber heute ist es anders als sonst. Alles ist anders. Das Bett fühlt sich anders an, Aris Körper neben meinem fühlt sich anders an, ihre Lippen, ihre Hände, die sie vorsichtig auf meinem Rücken unter das T-Shirt schiebt.

Ich habe sturmfrei bis morgen früh und obwohl wir nicht darüber geredet haben, ist es irgendwie klar, was diese Nacht passieren wird. Ich will auch, dass es passiert. Ich bin so aufgeregt wie noch nie in meinem Leben, aber ich will, dass es passiert. Es ist Tom. Wir sind jetzt schon fast acht Monate zusammen. Und ich will, dass es mit ihm passiert. Mit keinem anderen als mit ihm.

Wir sind jetzt schon fast acht Monate zusammen. Ich glaube, Ari verliert den Respekt vor mir, wenn ich heute keinen Move mache. Andere Jungs hätten schon längst einen Move gemacht. Ich habe schon viel zu lange gewartet. Ich habe Angst davor gehabt. Dass ich es nicht bringe. Dass es ihr nicht gefällt. Dass es etwas zwischen uns verändert. Ich habe immer noch Angst, ehrlich gesagt. Aber Angst ist kein Grund, etwas nicht zu tun, sagt meine Therapeutin. Und ich will es ja auch. Es ist Ari. Wenn mit jemandem, dann mit ihr.

Seine Hand schiebt sich unter mein T-Shirt, streichelt ein bisschen an meinem Bauch herum und rutscht dann höher. Ich halte die Luft an, als er bei meinen Brüsten ankommt. Mich hat noch nie jemand dort angefasst. Es ist schön. Aber auch seltsam. Mir wird ein bisschen schwindelig davon. Ich atme die Luft aus, die sich in meiner Lunge staut. Soll ich ihn jetzt auch anfassen? Gibt es eine Reihenfolge? Erst Oberkörper, dann unten?

Sie fühlt sich weich an. Ich habe noch nie so weiche Haut angefasst. Ich würde sie gern fragen, ob es ihr gefällt. Aber ich traue mich nicht. Seitdem wir angefangen haben, uns zu streicheln haben wir aufgehört zu sprechen. Als würde das eine das andere ausschließen. Es ist ganz still im Zimmer. Ihre Hand fährt unter meinem Pullover den Rücken nach oben. Es fühlt sich wahnsinnig gut an.

Unsere Beine sind ineinander verschlungen, ich spüre, dass er hart wird. Es ist wie eine Aufforderung, die an meinen Oberschenkel drückt. Ich lege probeweise meine Hand zwischen seine Beine, er atmet ein bisschen schneller. Irgendwo hab ich mal gehört, dass man, wenn man einmal anfängt, auch weitermachen muss. Sonst gibt's Samenstau oder was. Ich glaub, das haben sich irgendwelche Typen ausgedacht, als Ausrede, damit eine Frau ihnen einen runterholt, auch wenn sie vielleicht gar keinen Bock drauf hat. Samenstau, in deinem Kopf ist Samenstau. Sowas gibt's nicht. Aber ich rutsche trotzdem runter zu Toms Hose. Weil ich neugierig bin.

Weil ich es jetzt irgendwie wissen will. Ich hab noch nie einen Jungen nackt gesehen. Nicht so richtig, meine ich.

Plötzlich sind ihre Hände an meinem Gürtel. Wir gucken uns an, und ich hoffe, sie merkt nicht, dass mir das Herz vor Nervosität bis in den Hals klopft. Sie zieht mir die Hose bis in die Kniekehlen hinunter, den Rest ziehe ich selbst aus. In Boxershorts liege ich vor ihr. Mein Schwanz wird wieder kleiner, ich kann nichts dagegen tun. Ich beschwöre ihn innerlich, komm schon Buddy, lass mich nicht hängen. Aber er schrumpelt und schrumpelt, bis er schlaff und weich zwischen meinen Beinen liegt.

Generell können Jungs eigentlich keine Schönheitswettbewerbe gewinnen mit dem, was sie zwischen den Beinen haben. Meine Meinung. Eine Riesenaufregung allgemein um das Ding, auf jeder Schultoilette mindestens hundert Peniszeichnungen. Aber ganz ehrlich – why? Zwei schlabbrige Hautsäcke und eine Fleischwurst, es gibt wirklich hübschere Körperteile. Aber bei Tom ist es überhaupt nicht schlimm. Es sieht weich und schön aus. Es gehört zu Tom, vielleicht liegt es daran. Ich küsse sein Ding und probiere was mit der Zunge, aber es passiert nichts. Ich hab immer gedacht, das mit dem Mund ist ein magic trick, der bei Jungs immer funktioniert. Bevor Teddy mit Micha zusammengekommen ist und er noch in seiner Ich-muss-allen-beweisen-dass-ich-hetero-bin-Phase war, lief bei ihm zuhause ständig Porno. Manchmal hab ich mir das ein bisschen angeguckt, wenn ich bei Teddy war und in keinem dieser Streifen hat der Blowjob gefehlt. Der Blowjob ist immer dabei. Das ist das, was Jungs wollen, oder nicht? Ich halte Toms Ding mit der Hand hoch und nehme es in den Mund, es fühlt sich ganz weich an. Und schlapp. Ein bisschen so wie diese Spielzeugwürmer aus Gummi, die wir als Kinder hatten. Die man unten zusammengequetscht hat, und dann sind oben die Augen rausgequollen. Bei diesem Gedanken muss ich fast anfangen zu lachen. Tue ich aber natürlich nicht. Das ist jetzt nicht der Moment für dumme Witze.

Es fühlt sich gut an, was Ari mit der Zunge macht. Aber mein Schwanz bleibt trotzdem mehr oder weniger schlaff, und das fängt an, mich zu stressen. Wenn ein Mädchen sich über dich beugt und sich so viel Mühe gibt, dann solltest du das auch bestätigen. Ihr ein klares Zeichen schicken. Und das einzige klare Zeichen in so einer Situation ist ein harter Schwanz. Hart = horny. So geht die Rechnung. Obwohl sie in meinem Fall gar nicht unbedingt stimmt. Ich glaube, ich bin, was das betrifft, ein bisschen abnormal. Ich kann hart werden, ohne horny zu sein. Und ich kann horny sein, ohne richtig hart zu werden. So wie jetzt gerade. Aber erklär das mal jemandem.

Ich glaube, mir fehlt komplett die Technik. Ich kann das nicht, I suck, doppelter Wortwitz, lol. Tom gefällt es anscheinend überhaupt nicht. Er schiebt mich von sich runter und legt mich auf den Rücken. Dann rutscht er nach unten und legt seine Hände an den Bund meiner Unterhose.

»Okay?«, fragt er und guckt mich an.

Es ist das erste Mal, dass jemand von uns beiden etwas sagt. Ich nicke und denke: Fuck, ja genau, Konsens, voll vergessen! Vielleicht hätte ich Tom mal fragen sollen, bevor ich sein Ding in den Mund nehme.

Sie riecht gut. Ich meine, sie riecht überall gut. Aber da unten riecht sie speziell gut. Mir wird fast ein bisschen schwindelig davon. Vielleicht liegt es daran, dass es Ari ist. Es ist nicht das erste Mal, dass ich down gehe bei einem Mädchen, und ich glaube nicht, dass die anderen so gut gerochen haben. Ich kann mich jedenfalls nicht daran erinnern. Ich glaube, ich fand es eher immer ein bisschen unangenehm, wenn ich das gemacht habe. Vielleicht weil ich keine Ahnung hatte, was genau ich dort machen sollte. Ich habe immer noch keine Ahnung, ehrlich gesagt. Aber es ist zum ersten Mal so, dass mich das wirklich beschäftigt. Ich will, dass es Ari gefällt. Ich will es gut machen.

Okay, wow, totale Verkrampfung. Tom berührt mich mit der Zunge und mit seinen Fingern. Es ist bestimmt nice. Ganz bestimmt. Nur – ich bin so verspannt, ich merke nichts davon. Wenn ich alleine bin und mich selbst anfasse, kein Problem, nullkommanull, ich kann immer kommen. Aber gerade bin ich weiter von einem Orgasmus entfernt als die Menschheit vom Mars. Tom ist keine

Jungfrau mehr, das weiß ich. Stresst mich das? Hab ich Angst, er vergleicht mich mit den anderen? JA LOGISCH!!! Hundertprozentig war er noch nie mit einem Mädchen im Bett, die so tense war wie ich. Und je mehr Mühe er sich gibt und je länger es dauert, desto verkrampfter werde ich. Er könnte auch ein Stück Holz ablecken, damit wäre er wahrscheinlich erfolgreicher.

Vor Ari habe ich mit zwei Mädchen geschlafen. Das erste Mal ist bei einer Party passiert, sie war ein bisschen älter als ich, ich war betrunken. Ich weiß nicht mehr so viel davon, aber das Wichtigste daran war, dass ich es hinterher den Homies erzählen konnte. Das war so ein Ding bei uns damals. Wer es schon gemacht hatte, guckte auf die runter, die noch Jungfrau waren. Was Schwachsinn war, weil ich danach nicht das Gefühl hatte, ich hätte mehr Plan von der Sache als jemand, der es noch nie gemacht hatte. Das änderte sich auch nicht, als ich das zweite Mal Sex hatte. Es war kurz nachdem mein Vater gestorben war. Sie hieß Inga und war meine Freundin, weil sie das entschieden hatte. Wir haben drei oder viermal miteinander geschlafen, aber ich habe nicht besonders viel davon mitbekommen. Mir war alles egal in der Zeit. Technisch gesehen bin ich vielleicht keine Jungfrau mehr. Dass es sich trotzdem so anfühlt, kann ich Ari ja nicht sagen. Wie soll man denn sowas erklären?

Okay, ich kann mich so nicht entspannen. Es geht einfach nicht. Ich ziehe Tom zu mir nach oben, um ihn zu küssen. Sein halbes Gesicht ist nass, von seiner Spucke und von mir da unten. Ich mache meine Augen zu und küsse ihn trotzdem. Es ist der feuchteste Kuss ever, und ich fange schon wieder fast an zu lachen. Mache ich aber natürlich nicht. Ich küsse ihn einfach weiter und als wir kurz Pause machen und uns umarmen, wische ich mir heimlich das Gesicht an der Bettdecke trocken.

Ari zieht mich zu sich nach oben und das bedeutet wohl, dass sie das Vorspiel für beendet erklärt. Ich glaube, ich habe es nicht besonders gut gemacht. Sie wirkt hibbelig und irgendwie ungeduldig. Vielleicht hat sie sich mehr von mir erwartet. Vielleicht hofft sie, dass ich es in der nächsten Phase bringe. Ich würde ihr gerne sagen, dass ich mindestens so planlos bin wie sie und bestimmt doppelt so aufgeregt. Aber das geht nicht. Ich bin der mit der Erfahrung. Ich kann sowas nicht sagen. Ich muss den Move machen. Das ist sowas von klar.

Tom beugt sich über das Bett zu seiner Hose hinunter, die er auf den Fußboden geschmissen hat, und holt etwas aus der Hosentasche. Es ist ein Kondom, sehe ich, als er sich wieder aufrichtet. Er hält es hoch und sieht mich fragend an. Ich nicke und mein Herz schlägt so schnell, dass es wahrscheinlich demnächst explodiert.

Ich nehme meinen Schwanz in die Hand und reibe ihn, bis er hart wird. Ich bin viel zu nervös, um richtig on zu sein, Hornyness bei höchstens 4.5 von 10.

Aber immerhin ist mein Schwanz einigermaßen hart, und ich ziehe das Kondom drüber, bevor er es sich wieder anders überlegt.

Irgendwie geht plötzlich alles schneller, als ich es mir vorgestellt habe. Auf einmal hat Tom das Kondom an.
»Okay?«, fragt er.
»Let's do this«, antworte ich und im nächsten Moment beiße ich mir vor Peinlichkeit auf die Lippe. Sogar ich weiß, dass man in so einer Situation andere Sachen sagen muss. Ich bin heiß auf dich, Baby. Oder sowas in die Richtung. Aber let's do this? Ich meine, das ist ja keine fucking Heimwerkershow hier, wo wir beschließen, zusammen eine Wand zu tapezieren oder so.

Ja, denke ich. Let's do this. Das sind genau die richtigen Worte. Es fühlt sich an wie etwas, das wir jetzt hinter uns bringen müssen. Wir sind schon viel zu weit gegangen, ich kann keinen Rückzieher mehr machen, wir müssen das jetzt durchziehen. Ich beuge mich über sie, meinen Schwanz in der Hand. Und genau in dem Moment fängt draußen auf dem Flur das Kind an zu singen. Die Wände in Aris Wohnung sind superdünn, wir haben schon oft auf ihrem Bett gelegen und den Nachbarskindern zugehört. Normalerweise streiten sie sich, heute ist scheinbar gute Laune da drüben.

Ich tippe auf den achtjährigen Jungen. Er heißt Jamal und hat die größte Klappe von den drei

Nachbarskindern. Das Lied, das er singt, ist eindeutig *I like to move it*, auch wenn er den Text völlig sinnfrei in seinem eigenen Kinderenglisch wiedergibt. *A laka mumi mumi, a laka mumi mumi* kräht er mit seiner hohen Stimme. Und das ist zu viel. Tom hat sich über mich gebeugt, er ist ready für Action, aber ich kann einfach nicht mehr. Das Lachen blubbert in mir hoch, und ich schaffe es nicht, es zurückzuhalten. Es platzt aus mir raus, ich kann es nicht stoppen, die ganze Situation ist so absurd, und ich bin seit mindestens fünfzehn Minuten angespannt wie eine Alarmanlage im Hochsicherheitstrakt, ich habe keine Chance, mich dagegen zu wehren.

Als sie anfängt zu lachen, fühlt es sich an, als würde jemand das Fenster aufmachen. Ich bin so erleichtert darüber, dass ich direkt angesteckt werde. Ich rolle mich neben Ari auf die Matratze, und wir lachen und lachen, es schüttelt uns, so sehr müssen wir lachen.

Der Nachbarsjunge rennt die Treppen nach unten, *a laka mumi mumi, you laka mumi mumi, wi laka mumi mumi*, sein Gesang wird leiser und leiser, bis er gar nicht mehr zu hören ist.
«Scheiße», sagt Tom, und er hat ganz nasse Augen vor lauter Lachen. «Scheiße, ist das bescheuert.»

Irgendwann beruhigen wir uns wieder. Ari gluckst noch ein bisschen, ich schiebe meinen Arm um ihre Schultern und sie kuschelt sich an mich.

»A laka mumi mumi», sagt sie und kichert.

»Ja«, antworte ich und gebe ihr einen Kuss auf den Kopf. »Ich auch.«

»Ah so?«, fragt Ari und richtet sich auf, um mich anzugucken. »You laka mumi?«

»Hm«, mache ich. »A laka mumi.«

»Interessant«, sagt Ari.

Sie legt ihren Kopf zurück auf meine Brust, und dann lässt sie ihre Hand langsam über meinen Bauch nach unten rutschen. Dieses Mal reagiert mein Körper sofort und ziemlich eindeutig.

»Yes, I see«, flüstert Ari, und ich kann hören, dass sie dabei grinst. »You really laka mumi.«

Sie umfasst meinen Schwanz mit ihrer Hand und bewegt sie langsam auf und ab. Es fühlt sich so gut an, ich glaube, ich habe noch nie etwas erlebt, das sich so gut angefühlt hat.

»Stopp«, sage ich. »Hör auf damit.«

»Gefällts dir nicht?«, fragt Ari und sieht mich erschrocken an.

»Doch«, antworte ich. »Und wie. Aber wenn du so weitermachst, komm ich gleich.«

Er dreht mich auf den Rücken und stützt sich seitwärts auf seinen Ellenbogen. Dann fängt er an, mit seiner freien Hand über meine Wange zu streicheln. Wir gucken uns an, und mir wird ganz warm und weich vor Glück. Tom sieht so schön aus, sein Gesicht ist groß und lieb, die braunen Augen, die kruseligen Haare, die er sich vor ein paar Monaten komplett abrasiert hatte und die jetzt langsam wieder nachwachsen.

»Ich hab dich so gern«, sage ich.

»Ja«, sagt Tom leise. »Und ich dich erst.«

Er beugt sich zu mir, und wir küssen uns. Seine Hand legt sich auf meinen Bauch.

»A laka mumi you«, sagt Tom. »Aber du musst mir zeigen, wie es geht.«

»Okay«, sage ich.

»Und vielleicht gehen wir es ein bisschen langsamer an?«

»Ja«, sage ich. »War schon ziemlich Autobahn grad.«

»Wir könnten vielleicht die Landstraße nehmen.«

»Aber nicht gleich die verkehrsberuhigte Zone.«

Tom lacht, und es fühlt sich alles viel leichter und schöner an als vorher. Ich nehme seine Hand und führe sie nach unten, bis seine Finger auf meiner Klit liegen. Er fängt an, sie in kleinen Kreisen zu streicheln.

»Gut so?«, fragt er.

»Bisschen fester«, sage ich.

»So?«

»Ja«, antworte ich, lege meinen Kopf zurück und schließe die Augen. »Genau so.«

NACHSPIEL

Manchmal, wenn ich im Bus sitze, gucke ich mir die Leute an und stelle mir vor, wie sie aussehen, wenn sie Sex haben. Natürlich gibt es Leute, die es nie machen. Oder noch nicht. Aber die meisten der Erwachsenen tun es. Oder haben es irgendwann schon mal getan. Ich gucke sie an, wie sie dasitzen und aus dem Fenster sehen oder auf ihr Handy, und ich stelle mir vor, wie sie sich dabei verändern. Wenn sie es tun. Wenn sie Sex haben. Wie die Müdigkeit aus ihren Gesichtern verschwindet und auch die Kontrolle. Wie ihre Augen sich schließen und ihre Münder sich öffnen. Manche schreien vielleicht. Andere sind eher leise. Ich bilde mir ein, den Leuten anzusehen, ob sie gerne Sex haben. Und ob sie es oft tun. Je älter die Leute sind, desto schwieriger finde ich es, sie mir beim Sex vorzustellen. Manchen glaube ich anzusehen, dass sie es schon seit Jahren nicht mehr gemacht haben. Manche sind traurig darüber, das merkt man an den Blicken, mit denen sie andere Leute angucken. Manche sind vielleicht froh darüber. Manchen ist es vielleicht gar nicht wichtig. Und manchen glaube ich anzusehen, dass sie dieselben Gedanken haben wie ich.

Will man Sex vor allem, wenn man jung ist? Hört es irgendwann auf, dass man so viel darüber nachdenkt?

Dank geht an:

Leo Rottmann, die beste Schwester der Welt, die dem Buch das wunderschöne Cover geschenkt hat und ungefähr 1000mal die Übersichtsmap in der Innenseite gezeichnet hat, weil immer wieder neue Figuren dazugekommen sind.

Das ganze Team von Jacoby & Stuart und allen voran meine Lektorin Nicola Stuart – für Ihre inhaltliche Genauigkeit und die Fähigkeit, immer wieder exakt die richtigen Schrauben zu drehen und zu benennen, was einem Text fehlt.

Linda Bär und David Fürst von der Fachstelle Lust und Frust Zürich für wichtige Hinweise und das Teilen ihrer Expertise.

Marlen Riedel, die als Sexualpädagogin und Freundin die Texte teilweise gelesen hat und vor allem in ersterer Funktion auf eine gute Art und Weise streng mit mir war.

Die vielen, vielen Schüler:innen, die für mich Fragebögen ausgefüllt haben und kurze Texte geschrieben haben, und mir damit zu einem Überblick über die Relevanz von Themen und auch zu Inspiration für die Geschichten und die Zwischenspiele verholfen haben. Ganz besonders danken möchte ich der Klasse B3 und ihrer Klassenlehrerin Gabriele Omlin von der Freien Katholischen Schule Zürich. Ihre «Definitionen eines Players» fand ich so erfrischend, dass ich sie nur leicht gekürzt und zusammengestellt fast originalgetreu im Zwischenspiel VIII übernommen habe.

Meine Freund:innen, meine Familie und meine Nachbarinnen für die Unterstützung und die Hilfe im Alltag, ohne die es ich es nicht schaffen würde. Außerdem für die Geduld mit mir, wenn ich manchmal (vor allem während Schlussphasen) in meiner Arbeit verschwinde, Nachrichten viel zu spät beantworte und Dinge verschussle.

Meine Kinder für das Leben und die Liebe und die Schönheit, die sie bringen, einfach weil sie da sind, weil sie meine Welt bereichern, weil sie so sind wie sie sind und weil ich lerne und wachse mit ihnen, jeden Tag und wahrscheinlich bis ans Ende meines Lebens.

Ein verlagsneues Buch kostet in ganz Deutschland und Österreich jeweils dasselbe. Das liegt an der gesetzlichen Buchpreisbindung, die dafür sorgt, dass die kulturelle Vielfalt erhalten und für die Leser:innen bezahlbar bleibt. Also: Egal ob im Internet, in der Großbuchhandlung, beim lokalen Buchhändler, im Dorf oder in der Stadt – überall bekommen Sie Ihre verlagsneuen Bücher zum selben Preis.

4. Auflage 2026

Verlagshaus Jacoby & Stuart GmbH, Esmarchstr. 25, 10407 Berlin
E-Mail: verlag@jacobystuart.de

Cover- und Vorsatzabbildung: © Leo Rottmann

FSC www.fsc.org MIX Papier | Fördert gute Waldnutzung FSC® C014138

Dieses Buch ist auf Papier gedruckt, für das Holz aus nachhaltiger Forstwirtschaft verwendet wurde.

Druckprodukt mit finanziellem Klimabeitrag
ClimatePartner.com/13916-1911-1001

All unsere mit finanziellem Klimabeitrag gedruckten Novitäten und Nachdrucke finden Sie auf climatepartner.com unter Angabe der ID 13916-1911-1001. Hier erhalten Sie auch Einblick in die Klimaschutz- und sozialen Projekte, die wir mit Ihrer Hilfe unterstützen.

Druck und Bindung: Finidr
Printed in the Czech Republic

ISBN 978-3-96428-243-9
www.jacobystuart.de

Ari
SHREDDER ARI vom FEUERBERG
Yasin
AMORE
Leyla
BFFs
teddy
cutest in the galaxy
CRUSH &
CRUSH
FABIAN
FUCKBOI!
KUSS
MICHA (Diskoengel)
VETON & JASON & KEVIN (SKATER)
one